ものづくりに生きる

# 造物的人

〔日〕小关智弘 著　连子心 译

南海出版公司

新经典文化股份有限公司
www.readinglife.com
出 品

# 目录

第一章　给机器加上人字旁 / 1

第二章　用双手开拓人生 / 17

第三章　幻肢 / 35

第四章　工厂的工作乏味吗？ / 49

第五章　夫妻工厂 / 65

第六章　技术的传承者 / 81

第七章　过程最重要 / 97

第八章　　工作和玩的界限 / 113

第九章　　没有教科书的工作 / 129

第十章　　我人生的转机 / 149

第十一章　如今的町工厂 / 169

# 第一章 给机器加上人字旁

正在操作车床的四十多岁时的作者

## 替我去小便

有人曾经对我说:"给机器加上人字旁后再工作。"那是四十八年前,我刚成为一家町工厂①的见习工后不久的事。我听了这话,一时摸不着头脑。

和大工厂培养专业技术工的方式不同,小型町工厂没有针对见习工的特殊技能培训。见习工,顾名思义就是在实践中学习。负责指导见习工的师父们战前就已进入工厂,那时还盛行师徒制度。他们在工厂磨炼了七八年,终于成为能独当一面的职人。战争结束后,师徒制度瓦解。然而在我当见习工的昭和②

---

①建在城市中小街道上的工厂。
②日本昭和天皇在位期间使用的年号,时间为1926年到1989年。

二十六年，町工厂里还残留着诸多老派作风。

"你们生活在这民主主义时代真是好啊！边拿工资边学习技术，上哪儿去找这么好的事？"

因此早上上班前我比师父们先到工厂，给师父们当天要用的机器注上油。到了傍晚，要负责烧水，水烧好后端到洗手间，以便让师父们清洗沾满油污的双手。见习工要打扫完师父们使用的机器周边后，再用剩下的变温的水洗手。

那段时间，我作为见习工干过各种杂活，诸如搬运重材料、给打铁车间生火、被职人支使去抡大锤、把加工好的零件用油清洗后装箱……有时还会被派去干点私活，比如骑着自行车去买烟。

"小伙子，能帮我去办点事吗？"

"好嘞。"

有时也会被开这样的玩笑："不想去小便，你替我去吧！"

战争刚结束的那段时期，町工厂里的见习工还只是"杂役"啊。

## 车床这种机器

即便如此，我还是很幸运地分到了一台车床。当时这种机器很旧，运作起来会发出嘎嗒嘎嗒的响声，所以也被称为"嘎嗒车床"。

车床跟能削出圆木人偶、棒球棒等圆柱形物体的机器相仿。都是用夹头夹住铁料，使之旋转，再用车刀将材料削成圆弧状。车刀削一圈就能削出圆木人偶、棒球棒，也能削出盘子、臼之类的物件。总之，车床是使材料旋转并将之削成圆弧状的一种机器。小到手表调节指针快慢的转柄，大到大炮的炮身、火车车轮这类东西，都可以用车床削。车床尺寸很多，大大小小应有尽有。

这四十八年来，直径从两毫米到两米、重量从一克到数吨的物体我都削过。

说起嘎嗒车床，见习工若是有一台自己专用的，那简直是再幸福不过的事。我在当"杂役"期间忙里偷闲，有样学样，将堆砌在工厂角落里的边角料放在车床上试削，沉迷其中，乐此不疲。

自己亲手削铁，则缘于从职人师父那里拿到一把用旧了的车刀，我把它装在车床上，战战兢兢地操作起来。车刀旋转着靠近铁料，一瞬间刀刃就将其完全吞没。削铁的触感顺着操作柄传递到手上，我感觉到了铁的回应。刨花一样的铁屑就像有生命的物体一样在刀刃之下生长出来，咻咻地不断涌出。

我狂喜不已，喉咙一阵干渴。第一次削铁的瞬间，我这一生都不会忘记。传递到手上的触感让我禁不住感慨，铁也是有生命的东西啊。

我那份激动的心情或许师父能够理解。他站到我的背后，而我早已满脸通红。他慢慢地握住我的要害，问我"你没事吧"，想让我冷静下来。

这件事千真万确。在之后漫长的车工生涯中，我曾有过几次类似的体验，都是在挑战极难的、其他工厂做不了的工作的时候。我身心紧绷，精神高度集中，待到终于车削完毕，回过神来才发现裤裆湿了。我觉得很羞耻，从来不曾对人提起。

有一天，一档电视访谈节目里提到当时将棋界段位最高的十段米长邦雄先生在博弈中射精的事。米长先生心中暗忖"自己生病了吗"，带着这份不安去问了中原名人①，得到的回应是中原名人也一样。米长先生听后放下心来，我也一样。

就这样，我成了车床的俘虏。这家町工厂只有三名职工，还有一台共用的嘎嗒车床。正是这段经历奠定了我一生的基础。

---

①名人是日本将棋界最高级别的称号，此处指十六世名人中原诚。

## 操作柄

几个月后，我去了另一家町工厂。在之前的工厂里工作出了错，被职人打了脑袋。其实就是被敲了一下而已，可当时我胸中突然涌上一股怒火，索性就辞了职。

两天后我就找到了新工作。这家町工厂光是职工就有三十人，还有许多我从未见过的机器。除了一般工厂能制造的工件外，这家工厂还制造汽车、照相机等物品的零件，及电器、金属橱柜等，甚至还能制造天文望远镜的主体，简直就是一家"什么都能造的厂"。

面试时，厂长岸本先生问我之前做过什么工作，我回答说做过车床见习工。碰巧这家工厂经常有车工辞职，岸本先生很是苦恼。当时的很多工人像候鸟一样，背着工具箱到不同的工厂干活，被称为"流浪职人"。

幸运的是，在这家工厂里，还是见习工的我便能负责一台车床。当然，作为见习工，我和其他少年一样也被差遣做了很多杂事。在干杂活的间隙，我用车床削出了各种各样的东西。

冲床职人让我做金属模具，牛头刨床职人让我做工具，还有钣金工、组装工也让我帮他们做东西。这些时候往往没有正式的图纸，只有画在挂历纸背后的草图，职人们将之称为"漫画"。

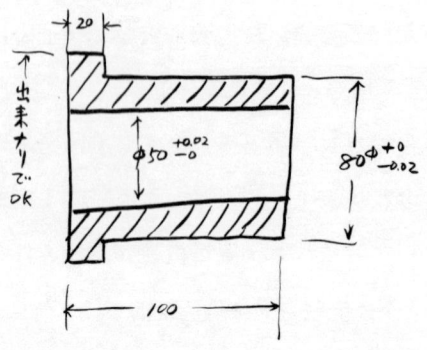

漫画一例。被要求做圆柱形轴承时的漫画。

依据这些漫画，我做了各式各样的东西。负责牛头刨床的职人认为机器操作柄太细，手指容易疲劳，便拿着漫画来找我："你能给我做个这样的操作柄吗？"听说了这件事后，刨床职人也拿着漫画来找我，想让我帮他做一个合手的操作柄。

一个合手的操作柄能让工作变得轻松，手也不易疲劳。职人们让我做了各式各样的操作柄，看漫画会发现，有人画的断面像柳叶,有人画的则像薤①。

"做成我小弟弟的形状最合手了,毕竟每天早晚握着。"有喜欢说黄段子的职人会这样要求我。

按照漫画削铁太有意思了,以至于每天的时间都过得飞快。

## 工厂之神

数月后的一天,岸本先生略显严肃地问我:"怎么样,工作还习惯吗?"

岸本先生不愧是厂长,能熟练操作工厂里的各种机器。他一开始是整理工,即最后一道工序的操作工,可是他竟连钣金加工和焊接都能掌握,而且技术精湛。用现在的话来说就是全能选手,对于当时的我——一介见习工来说,他就是工厂之神。

"这项工作交给你来做怎么样?"岸本先生拿给我看的不是漫画,而是正式的图纸。是一个汽车方向指示器的零件,方向指示器就是如今的转向灯。当时的汽车方向指示器在驾驶座左右两侧,转向时显示为箭头形状。右转时,驾驶座右侧的显示

---

① 多年生草本植物,断面为三角形。

器会显示一个约三十厘米长的箭头；左转时，左侧会显示箭头。到了晚上，箭头会发出红色的光，所以也被称为"阿波罗方向指示器"。要做成箭头这一形状，就得用冲床将铁板打造成型。

我仔细查看图纸后发现，要做的是安装电灯泡的螺帽。螺帽是用来拧螺丝的，也叫螺母。

螺帽属于汽车零件，那个时代金属材料匮乏，所以要确认是否需要减轻其重量。现在自然是不用确认这点了。将铁板用冲床压成六角形，中间有个小圆孔，将丝锥从中穿过，就可制成螺帽。我要做的就是用车床上的夹头固定螺帽，再将丝锥从中穿过。这是一项简单作业，因为我是见习工，所以把这活儿交给了我。

冲床从早到晚不停地生产螺帽。我们使用岸本先生想出的模具"凹凸器"，只要用冲床咚地压一下，就能把平整的铁板变成一颗颗立体的螺帽。从早到晚，冲床不停地咚咚咚咚。不一会儿，螺帽就能装满整个竹筐。按冲床一秒响一声的速度计算，一天能生产将近三万颗螺帽。

然而，用丝锥穿透螺帽，再拧上螺丝，这项工作可不好做。我从大竹筐里堆成小山的螺帽中拿起一颗，用夹头固定，摁住固定丝锥的尾架，给丝锥上油，开启车床使之旋转，丝锥穿过螺帽后再反方向旋转，待尾架回到原位后，停止车床运转，取下螺帽。所以，无论动作多快，做好一颗螺帽都需要一分钟的时间。就算一个小时不间断工作，空竹筐底部的成品也没有赶海时捡的一袋蛤蜊多。

这样持续了一两天，工作内容的单调和由此产生的倦怠把一天无限延长。第三天，岸本先生突然站到我身后。他总是脚步轻缓，走路几乎没有声音。待我发觉时，他已在我身后。对他可一点也不能疏忽大意，在工厂工作的人经常这样说，工作时不经意间聊起天来的女工们则更要谨慎。当时穿的安全靴不像现在这样有铁板且厚重，而是厚橡胶底或贴着桐木板的草鞋，总有种多余的感觉。

"喂，小关，你不觉得这样很费事吗？"岸本先生对手忙脚乱的我建议道，"总觉得应该改进点什么。"说罢，他从裤兜里掏出一个本子，在我面前摊开。上面画着他深思熟虑后设计的螺丝加工漫画。

丝锥是特制的，柄很长，能一次穿透十颗六角形螺帽。令我惊讶的是，传统做法是用夹头固定螺帽，再用丝锥旋车，而在岸本先生的漫画里，夹头固定的是丝锥。

我问他："这不是反了吗？"

岸本先生笑着说："法律没有规定不能反着用吧？"

新工作要从制作特制的丝锥开始。我边向岸本先生学习，边把特殊的铁料车成螺栓，也就是在车床上用丝锥车出和六角形螺帽匹配的螺栓。

在冶铁车间煅烧焦炭，铁螺栓在燃烧正旺的炉膛中渐渐变红，等到变成太阳的颜色时，岸本先生说道："好！就现在！"

我将螺栓的尖端浸入一旁的油缸，一开始就像蜻蜓点水一样唰地掠过油面，然后猛的一下完全浸入。这一招模仿了职人师父们淬火时的手法。

"好手法！"在油烟弥漫的冶铁车间，平日里不苟言笑的岸本先生表扬了我。

如此一来，工作效率提高了九倍。我哼着歌，竹筐里的螺帽堆成了小山。工厂之神悠悠走来，对我说："这就是所谓的'给机器加上人字旁'，怎么样，心情好吗？"

## 丰田佐吉也给机器加上了人字旁

那是我第一次知道给机器加上人字旁的含义。在那之后，我又辗转了多家町工厂，开始制作简单的汽车零件和照相机零件。日本的工业技术日新月异，令世人瞩目，车床工制作的机器零件也因此发生了变化。车床这种工作母机，即对机器零件进行车削加工的机器也进步了许多，经过二十多年的发展，已经实现了使用数控车床车削金属的技术，能加工坦克、船舶、水坝、桥梁等的零件。喷气式发动机的重要零件需要用特殊的金属进行车削，听说价格高得惊人，甚至比与其等重的黄金还要贵重。此外，还能加工导弹、卫星、用于核发电的机器等的零部件。

町工厂会承接各种各样有趣的工作。我接过一项制作旋转床零件的活儿。开始我以为是喝了钡餐接受胃部检查时使用的，还纳闷这种床能卖得出去吗？后来才惊悉是情趣酒店里用的。此事在同事们之间被传为笑柄。

后来我开始写东西，常和很多职人聊天，经常听他们讲到人字旁这个词。我也目睹了许多职人给机器加上人字旁的场景。除了我的本职工作削铁之外，模具工铸造模具，木匠做木工活儿，建造房屋，瓦匠修葺屋顶，染匠给浴衣染色……每一项工作都倾注了职人的心血。

近来，know-how 这个词很流行，指要将技术信息、专业知识等跟技巧、要领相结合。和年轻人口头上使用的 know-how 不同，我的理解是"给工作加上人字旁"。

众所周知，顶级汽车制造商丰田汽车的前身是丰田自动纺织机公司，专门生产纺织机。如今，丰田自动纺织机公司也是丰田集团旗下的一家大公司。创始人丰田佐吉先生（1867-1930）在发明了丰田式木质动力纺织机后，又不断创新，推出数种自动纺织机，因此名声大噪，广为人知。

丰田自动纺织机之前的名称是"丰田自働纺织机"，不是"自动"，是"自働"。但由于这种机器被海外多个国家广泛接受，还获得了专利，出口海外的需求大大增加，"自働"这个日语里才有的词在外语里没有对应的表达，不得已才改成了"自动"（英语是 automatic）。听说丰田佐吉还觉得很可惜。在这个发明大王看来，机器不是"自己自动运转"，而是要"自己自发劳动"。他赋予了机器人格，是给机器加上人字旁的最好注解。

对于这种适应外国文化的做法，我也觉得很遗憾。这件事教给我们很多道理。对于如今致力制造精密的机器人，却将机器和人本末倒置的工厂来说，尤其要引以为鉴。

### 本田宗一郎也是一例

著名的本田汽车公司的创始人本田宗一郎先生（1906-

1991），也因在家中的工作间里坚持亲自制作并耗费心血不断改进工艺而闻名于世。他在著作《手说》（讲谈社，一九八二年）中提到："我的手了解我想做的每一件事，还会与我交流。我所说的话就是我的手说的话。"

这样一位重视手工制作的专家在书中提到生产线上引入机器人的目的时是这样说的：

这不是单纯的机器与人的置换，而是利用机器人减轻人身体上的负担。减轻的部分，要用来做一些更需要付出心血的工作，这才是我们的目的……如果人被机器驱使，或者人要配合机器的节奏，那么我们工作是为了什么呢？人要做更需要人做的事，为此我们才要充分利用机器人。对这一点一定要有清醒的认识。

"无论机器和机器人多么优秀，终究是供人操作的工具，绝不能反过来操纵人。"

一九八〇年是日本的机器人元年。汽车进入了批量生产的时代，工厂源源不断地引进机器人。机器人成了工厂的主人公，人变成了机器人的辅助。因此本田宗一郎才会如此强调。

在《手说》中，本田宗一郎如此看待机器和人的关系：

> 如果人不深思熟虑设计批量生产的生产线，那么工厂就会变成机器操纵人的地方……如果不能充分理解产品的性质，做出来的产品就难以达到世界级水平。就连我，作为操作员站在生产线旁边，也会觉得自己正在被机器操纵……

从小小的町工厂出发，创造出世界一流公司的本田宗一郎的手如是说。

丰田佐吉强调工作就是给机器加上人字旁，所以不是自动，而是自働；本田宗一郎强调无论机器多么精良，人都不能被机器操纵。他们始终秉持着"人才是主人公"这一原则。

接下来，本书中出现的人物都是"给机器加上了人字旁，不是被动地劳动，而是真正工作"的人。

## 第二章 用双手开拓人生

刚进工厂的时候（右一为作者）

**手乃宝物**

  我有次百无聊赖地看电视时,看到一个老妇人自己纺线,再用织布机将线织成会津上布①。她说:"还能动手做东西,手真是宝物呀。"
  这真是金句。老妇人那双满是皱纹的手让我看得心驰神往。那双手和我见过的许许多多在工厂工作的男人的手重叠着映在眼底。

  工厂里使用的重要工具之一是测量仪器。如果没有像简单的规尺、游标卡尺、千分尺这样的仪器来测量长度、直径、深

---

①一种上等布料。

度，就无法制造出精密的零部件。最近有一种能同时测量长、宽、高的精密测量仪器，叫作"立体测量仪"。诸如飞机的螺旋桨、船舶的螺旋桨、机动车车身这种曲面能否按照设计图纸做出，用立体测量仪就可判定。

我们车工常用的测量仪的基本单位为0.001毫米和0.01毫米，已经能满足工作的需要。头发直径是0.07毫米，所以做到"毫发不爽"是相当简单的。

比如，用车床将铁削成圆形的时候要标示出直径大了0.01毫米。乍一看并没有什么区别，但是当指尖滑过铁的表面时就能判断出来。直径差了0.01毫米，半径则差0.005毫米。并不是我的指尖拥有格外敏感的神经。没有在工厂工作过的中学生也能判断出来，人类手指的敏感度远远高于"毫发"的范畴。

但是，要做能测量0.001毫米的仪器，就需要更加精密的测量仪，这种测量仪叫作"标准原器"。如果没有它，就无法做出测量仪。

那么，如何制作标准原器呢？要验证标准原器的精密度，是不是需要更加精密的测量仪呢……这样一想，就会发现"精密"之底相当深，就像地狱的最底层。这样的世界，普通人的指尖无论如何也无法企及。

## 师匠之手

日本精密仪器的顶级制造商三丰仪器株式会社里只有一位能称得上"师匠"的人物,甚至名片上也写着"师匠"二字。这家公司里只有技能特别优秀的技术人员才会被授予这个称号,将来有望成为师匠的人则被称为"准师匠"。

师匠第一人,乃木村俊雄。木村先生能制作标准原器。确切地说,他用许多标准原器制作测量仪,因此他可以称得上是制作标准原器的大师。

如今,他在筑波市的研究所里做正方形标准原器——边长三十厘米,四边绝对平直,四个直角完全精确。耗时一年,他终于做出了精度为 0.0002 毫米的标准原器。他没有止步于此,正在挑战 0.0001 毫米的精度。

将精度为 0.0002 毫米的标准原器的凸面放大,制成图表来看,木村先生说就像喜马拉雅山。在恒温二十度的无菌室里,身穿白色工作服的木村先生戴着手套,把标准原器放在平板上。平板的平面无限接近绝对水平,也是出自木村先生之手。给平板涂上研磨剂,缓缓移动重量约二十公斤的标准原器,仪器发出轻轻的唧的一声,转动一圈半后停止。

就这样,他当天的工作结束了。保持那种状态等待了两个小时,等待研磨过程中摩擦产生的热冷却。铁受热会变形。冷却后检测表面平滑度,"喜马拉雅山"矮了很多。

经过足以让人昏厥的作业后,木村先生做出了精度为0.0001毫米的标准原器。在这堪称鬼斧神工的工作中,木村先生说,用手触摸其表面时,哪里高,哪里低,手都会反馈给他。只靠声音和触感就能判断,他笑称自己的手是私人计算机。果然是"铁亦有生命"的世界啊!

## 专心致志时

在我的想象中,木村先生这样的人应该既严厉又恐怖,可实际上木村先生十分和蔼,言辞中透着幽默。

木村先生生于昭和十一年,小我三岁。他的父亲是制作碾米机的职人,在他小学六年级时去世。木村先生初中辍学后进入了三丰公司。从那以后的四十多年间,几乎都坚守在整理工的岗位上。

"交给我的净是些别人不愿意做的、异常困难的工作。在平板上需要完成的有铁质的、石质的甚至还有陶瓷的工件。因为是别人做不了的工作，完成的时候就会产生巨大的成就感。"

立体测量仪的平板通常由石料制成。石料受热不易变形，陶瓷也一样。

"我很满意平板上的工作，因为要无限趋近于零。但若说起技艺，并不是一件多么了不起的事情。只要重视并认真完成工作中最基本的部分，自然而然会产生好的结果。有的工作不要求无限趋近于零，但我仍然会朝着那个方向努力。这已经成为我的作风了。"

木村先生所说的作风，就是职人作风。在这条路上坚持不懈走下去的人都有着与各自工作相符的作风和品性。

在工厂工作一段时间就能明白这一点。平时自嘲"这个破工作"或者"我这喜欢并坚持的是什么呀"的工人也会心无旁骛地投身于工作中。他们身边的空气仿佛绷成了一张网，难以靠近。他们专注时的脸庞显得格外神清气爽。不是为了谁，更不是为了钱，仅仅是想要做好自己能做的工作而已。

"跟真正付出心血制造的令自己满意的工件分别时会很痛苦，甚至不想卖给别人。但神奇的是，托它们的福，自己也环游了世界。"

木村先生在研究室里做的不单是标准原器,还有长达十多米的大型机械的重要零部件。这类机器和测量仪被销往世界各地。为了设置和维护这些机器,木村先生也去了世界各地。他笑称:"我的心住在零件里,好像它们在呼唤我一样。"

说起工业制品,人们会想到是由机器制造的,因此认为无论由谁来操作都一样,实际上并非如此。我认为,日本优质工业制品就产生于工人们专注于工作的瞬间。

## 工厂的手工制品

说起手工制品,大多数人首先会联想到木匠为歌舞伎演员做的梳妆台、造纸工为书法家做的和纸这类手工艺品,但工厂的手工制作与此不同。

我年轻时在职人师父要求下做的合手的操作柄,和三丰公司的木村先生做的标准原器,都是工厂的手工制品。工厂的手工制品经常被拿来和批量生产的产品比较。批量生产所需的工具和试做品等都是手工制品。

批量生产所需的工具中有一个代表性的手工制品，就是金属模具。比如常在会议室里看到的若干个形状相同的不锈钢烟灰缸，那其实是烟灰缸状的凹凸模——一块板子在冲床上被咚的压一下后得到的产品。汽车车身和浴缸这样的大型零件需要做金属模具，汽车方向盘、电话机一类的塑料制品和啤酒瓶、杯子一类的玻璃制品也要做金属模具。

烟灰缸这样形状简单的金属模具做起来很容易，形状复杂的模具做起来可就不一样了。有的金属模具形状简单，但做起来十分困难。把一块板子做成不锈钢浴缸，形状虽简单，但是对深度有要求，也不能有褶皱，因此操作起来比较困难。

在我工作的东京大田区，光是金属模具工厂就有三百多家。在倡导批量生产和刺激消费的二十世纪八十年代，工业制品的外形更新换代很快，工厂要不停地制作新的金属模具。那时金属模具工厂的效益好，经营者成天眉开眼笑。"能坐上奔驰的人，除了医生、律师，就是金属模具工厂老板啦！"当时甚至还有这样的说法。

实际上，磨砂工在打磨金属模具表面时，粉尘飞扬，会把身体弄脏，因此很多人不愿意做这项工作。能胜任的人少，收入自然就高。我也见过这样的人：白天干活时用毛巾从头到脖子包裹得严严实实，工作结束后鼻孔和肚脐眼里都是黑的，晚上再开着高级进口车兜风回家。

## 完美五边形

做金属模具需要掌握许多技术。如今有很多好用的工作母机，掌握技术（或者说技能）没那么重要了，但在以前，金属模具甚至有"技术的结晶"之美誉。

用机器车出一个大致的形状，再用锉刀打磨，这就是整理工的工作。

过去有很多流浪职人在不同的工厂间来回穿梭。谋求更高的收入是人之常情，更重要的是通过做更好、更有难度的工作来磨炼自己的技艺。

做金属模具的流浪职人不仅在町工厂，还在试验场实际操练。用三毫米厚的铁板做成正五边形金属凹凸模，五边形必须严丝合缝才算合格，嵌入和取出时能发出嘭的一声的是合格品，这又叫"五边形测试"。

日本塑性加工学会学刊《塑性与加工》（一九九七年二月刊）

中，一位名叫太刀川洗吉的人写了一篇《完美五边形》的随笔，图文并茂地详细阐释了五边形的制作方法。

"在如今这个机器万能的时代，继承并钻研这项技术仍然很有必要，因为这是前人留给我们的宝贵财富。"

太刀川先生生于昭和四年，比我年长，于昭和二十二年进入工厂，如今在大田区的中坚企业日进精机株式会社担任会长，是一步一步成长起来的职人。他在会客室接待了我，当我说到了解完美五边形时，他很欣喜。

制作完美五边形对技术的要求很高。要想发出嘭的一声，凹凸模间必须要间隔 0.01 毫米才行，这用一把锉刀就能办到。但是光有技术是做不出完美五边形的，还需要运用智慧。如果有一个角度不精确，五边形位置稍有变化，就无法严丝合缝地嵌入。

因此，为了做出完美五边形，还得制作凹凸规尺。若没有相应的智慧，无论技术多么精湛，都无法做出。

### 弃规里凝结的心血

任务是做出精准五边形，其中并没有规定要做规尺。金属模具工若是不运用智慧,自然不会制作规尺,只会做凹凸模具。

若是有智慧的金属模具工来做,会先做角度精确的规尺,再据此做完美五边形。

然而仅仅这样还不够。

过去的职人把这样的规尺称为弃规,任务书和图纸里都没有指定做法。做出完美五边形后,规尺就没用了,所以是弃规。但是要想做出完美五边形,规尺必不可少。

太刀川先生写道:"在工厂工作了一年的新人都能轻而易举地操作线切割放电加工机。半个世纪以来,工作母机进步显著,改变了传统的模具制作方法,但遗憾的是,现在日本工厂里已经没有制作完美五边形的技术了。但这种制作思路还存在,还应用于各个领域中。"

如今,数控放电加工机只要发出相应的指令,任谁都可以做出完美五边形。但在做东西时,弃规技术的智慧绝对不能丢失。

太刀川先生写的"这种制作思路还存在,还应用于各个领域中",应该就是在说这种智慧吧。

我认为,完美五边形是在实践中积累的经验和造物者的智慧完美结合的明证。

## 傲慢

"傲慢！一个连完美五边形也做不了的金属模具工，做流浪职人也没人会要！"

我还是见习工的时候，有一个职人这样轻狂地指责别人。

岸本先生说："既然你这么说，就试着做一个发动机的铁芯吧！"铁芯的金属模具做起来比完美五边形难多了。这位叫植松幸三的职人居然完美地做了出来。

岸本先生大喜过望，将铁芯的金属模具用布包起来，去各大公司宣传。托他的福，小小的町工厂从大公司承接了许多工作。

一个工人的技术竟然如此伟大，我在做见习工时就已经见识到了。植松先生现在已经七十岁了，还在孜孜不倦地做着其他金属模具工无法做出的模具。

类似的事情在太刀川洗吉先生的日进精机也有发生。

日进精机的创立者之一、如今担任顾问的伊藤勋先生也是一位能完美地做出五边形的职人。听说昭和三十二年公司创立之初，他的技术大受欢迎，不断收到全国各地电机制造商的发动机铁芯金属模具的订单。

太刀川先生和伊藤先生在同一家工厂做机械工，之后都参与了创业。太刀川先生公司会客室的装饰柜里陈列了若干那个年代的发动机铁芯，排成一排，远看就像一道花纹。发动机铁芯比完美五边形的技术难得多，但若是有制作完美五边形的智慧，铁芯也能做出来。

## 马哈蒂尔总理的微服私访

算上位于大田区的总公司和设立于长野县饭田市的工厂，再加上设在泰国的工厂，日进精机总共拥有两百名员工，是名副其实的中坚企业。除了制作金属模具、冲床加工，还能自主研发有别于其他公司的产品。尽管如此，却还算不上有名的大企业。

一九九六年，马来西亚的马哈蒂尔总理曾秘密访问这家公司。马来西亚强调技术立国，不仅把廉价劳动力输往外国企业，还想吸引能带来技术的外国企业。总理秘密访问后的第二天，他的两个部下前来提出："希望能将日进精机的技术转移到马来西亚一年。我方也参与经营,因此希望能转让公司百分之二十的股份。"太刀川先生当时大惊,许久不发一言,最后还是拒绝了这项交易。关于这件事,太刀川先生这样写道:

> 由于我们的国际视野不足,总理很是失望……这样说很失礼,但我觉得他并没有充分理解我们的技术。日本如今在技术领域的显著成就,是凭借自己的力量,历经战后五十年脚踏实地走过来的,是所有人努力的结果……像乘电梯那样突然提升,没有充分掌握完美五边形的智慧和技术,仅靠线切割放电加工机制作模具,真的能做出优秀的产品、取得优秀的成果吗?

时至今日,太刀川先生仍十分重视完美五边形的技术。

## 反光片是祖传的技艺

自行车、机动车和路边停止标识牌上用的回光片,也叫反光片。如今,反光片在感光开关和工业反射镜等高新技术领域里是不可或缺的元件。

制作反光片所需的金属模具的技术几乎被日进精机垄断，需求量十分庞大。其他企业纷纷效仿，但无论如何都做不出来。在二十世纪五十年代以前，对反光片的要求还不是很高。如今国际通行标准要求从很远的地方也能清晰看到，对反射性能的要求更加严格。

制作反光片的金属模具时，需要把三面精确切割，表面打磨成镜面般光滑，再安装成百上千根六角形针管并将它们结成束状。每一根针管都可以起到反射的作用。从形状来说就是单纯的针管，但是要和平面形成一定角度，这一点对技术的要求相当高。这是完美五边形的接班人，即这家公司祖传的技艺。不仅日本国内，欧洲、美洲、亚洲诸国也纷纷投来订单。

有一次，太刀川先生把工厂东侧窗户上挂着的塑料反光片放在太阳下，观察它发出的七彩光芒，突然想到一件事：如果塑料制品能像硬玻璃那样反射光，不就能做成枝形吊灯吗？他连忙去了秋叶原的电器一条街。于是后来产生了代替玻璃的塑料枝形吊灯，造价低，而且轻便、安全。也有了"枝形吊灯走进普通家庭"一说。

能随意使管道弯曲的数控弯管机是日进精机自主研制并销

售的产品，获得了日本塑性加工学会的技术研发奖，已经在日本卖出二十台，欧洲和美洲各二十余台。以前的管道加工都是二维加工，新产品则是数控三维加工，不用金属模具就能使之弯曲成任意形状，而且弯曲的部分不会变形，接近正圆。

我一直诧异，这家公司和别的公司有什么不同？后来听到太刀川先生的话才明白，不同的地方在于：重视技艺，并且将之作为工厂技术的根基。

如此说来，太刀川先生也用双手开拓了自己的人生啊！

## 第三章 幻肢

制作假肢（摄影：饭田铁）

### 小偷的手艺

一位著名畅销书作家的弟弟是名演员,曾在我工作的町竞选众议院议员。

其人仪表堂堂,拉选票时经常有在电视上频繁露脸的演员和歌手前来助阵。因此,他们所到之处人山人海。他和民众一一握手,即所谓的"握手战术",结果大获成功,他毫无争议地名列第一。

在当选后接受的采访中,他这样说道:"在这个町和大家握手时发现有很多人缺指。这挺让我惊讶。"

选区大田区和品川区当时总共有一万余家工厂,其中半数以上是町工厂。听到这句话时,我脑海中浮现出在工厂失去手指的熟人。我想象着，或许他们也和那位演员握手了吧。

以前有过这样简单粗暴的说法，"伤痛和便当是面子""缺指是劳模勋章"等。在冲床作业中，很多人都被切去了手指。

我家附近有位本田花女士，她丈夫经营着一家冲床工厂，本田花女士长期操作冲床，右手的三根手指和左手的四根手指都很短。如今，年近八十岁的她仍然活跃在生产一线。

"我家老头子把我当成空气了。别人用的机器上都有安全装置，危险的工作却让他老婆我来做。一旦受伤，就只会嘟囔一句'真是毛手毛脚的'，然后就没有下文了。"本田女士曾这样对我说。

如今有了红外线安全装置，冲床作业时发生的事故越来越少了。然而在过去，装上安全装置会降低效率，大部分职人都不习惯。反而有很多职人炫耀自己在没有安全装置的机器上作业，因而很多职人的手指残缺不全。即便如此，却没人垂头丧气。

我当见习工时有一次难忘的体验。一个年轻的见习工在操作冲床时，手指被切掉了。血汩汩地往外流，他的脸色变得苍白，渐渐地意识开始模糊。厂长走近他，把他放平躺下。我看到这一幕，气血上涌，大喊道："这是在做什么?!"却被师父制止了。如果不这样做，失去意识后就无法走路了。让他平躺下，用机器一角敲打他的脑袋，厂长再伸手拍打他的脸，据说这样可以刺激神经。

有一位师父级别的姓石田的整理工，右手被切掉了两根手指。据说他在战后不久为了不再当小偷，金盆洗手，切掉了自己的手指。尽管食指和中指的前半部分没有了，但他的双手依旧灵活，午休时间经常玩花纸牌。

"我藏了牌，赢定了，所以你们得把钱还回来啊。但如果谁赢了我，我就把我的钱给谁。"

石田先生洗牌时，大家的目光都集中在他的手指上，但是谁都没有识破他的小把戏。石田固执的代价就是失去了手指，但他仍然成为了一名优秀的职人。后来他独立经营，拥有了一家自己的工厂，听说现在由他的儿子继承。

手指咔的一下被切断，变得像蜡烛一样苍白，用别的手指摁着赶去医院请大夫缝合——这样的英雄事迹我已经听好几个人讲过了。

"附近没有外科医院，只好去妇产医院请求缝合。"有位工人这样炫耀道。

## 手指残疾的车工二代

江户川区效率机械制造所的车工小畑喜一先生出生于大正[①]四年,但就算说他是昭和四年出生的也毫无问题,他看起来十分年轻。小畑先生在昭和二十年三月十日的东京大空袭中失去了妻子和两个孩子,而且左手烧伤,三根手指僵直,无法动弹。

即便如此,他也没有放弃自己喜欢的车床工作。我第一次见他时,他已近七十岁,仍然能制造复杂的螺丝,工厂里的工人无出其右。他能制造精密冲床重要部件的螺丝。直径二十厘米和三十厘米的形状特殊的大型螺丝,制造起来十分困难。而他一把年纪,还用一双残疾的手来作业,想来真是不可思议。

不久他有了一位继承者。伊藤浩,时年二十一岁,高中毕业后在一家大型汽车工厂工作。因为每天都在传送集装箱的流水线上重复着单调乏味的劳动,加上腰椎积劳成疾,索性辞职了。和大工厂比起来,这只是一家毫不起眼的小工厂,甚至让人质疑是否称得上是工厂。然而,伊藤还是跟着小畑先生在工

---

[①]日本大正天皇在位期间使用的年号,时间为1912年到1926年。

作中感受到了快乐。

伊藤曾经有些得意地对我说，回想起汽车工厂的工作，还是觉得在町工厂做车工更好。

然而不幸降临了。伊藤一不小心，失去了两根右手手指，被调到了机械安装部门。小畑先生失去了最有力的继承者，沮丧不已。作为职场的师父，弟子受了伤，就像自己身体的一部分被割去一样痛苦不堪。

趁着小畑先生的身体还算硬朗，公司着手寻找新的接班人以继承他的技术，但寻找的过程并不顺利。一天，伊藤提出申请，想重新成为车工。"小畑先生靠着那双残疾的手能成为车工，一直工作至今，我想我也不是没有可能。"

小畑先生被伊藤的决心打动，比之前更加严格也更亲切，将自己毕生的技艺传授给了伊藤。后来小畑先生离开工厂时，伊藤已经开始带徒弟了。

无论是整理工，还是车工，对于这些需要动手的工作来说，手指都十分重要。我模仿过小畑先生和伊藤等人，用橡胶圈缠住手指操作车床，在握住操作柄时无论如何都笨拙不堪，无法继续。大概只有付出了不为人知的努力，才能做到吧。

## 假肢

我从被冲床或铣床切掉手指的工人们那里听到了不可思议的事。他们说能感觉到失去的指尖冻僵、疼痛。

有一位老人戴着手套,指尖部分软绵绵的,他对着指尖吹了一口气。"这样就会觉得指尖还在。指尖还有气息,还在出汗。这种感觉你不懂。"毛线手套里面其实并没有指尖。

我很幸运,两只手几乎没受过伤,对于他的感受完全无法理解。

十多年前,我在电视上看到一个工人在一场意外中失去了双手,后来成为日本第一个靠假肢取得驾照的人。被问到有何感想时,他回答"我很开心",努力抑制着夺眶而出的眼泪,十分自然地用铁质假手扶着脸,铁质假手看上去就像真手一样。我很感动,眼泪止不住流了出来。

不久后,我拜访了一家制造假肢的工厂——位于世田谷区的小原工业。后来才知道电视里工人的假手就是这家公司制造的,也是那时我才知道,日本只有两家制造假肢的综合生产商。

往失去手指的地方吹一口气就能感受到温度的职人,和靠假手取得驾驶执照的人,他们的手到底是怎样生产出来的呢?

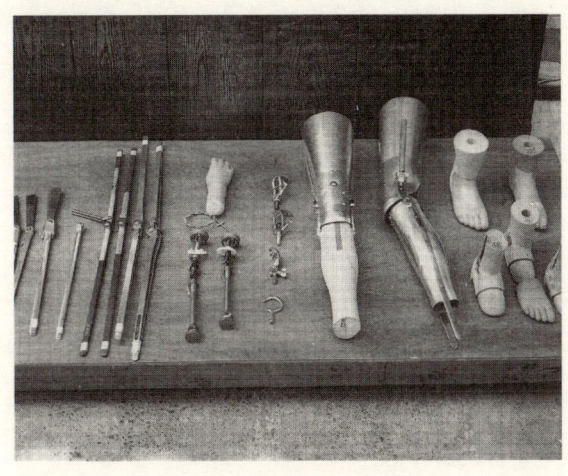

假腿(摄影:饭田铁)

社长秋山昌英先生给我的回答是这样的:"在医学上这叫作'假肢'。英语是 phantom,直译过来就是幻肢。虽然是假肢,但经过努力就能逐渐接近自己的真手。也就是说,神经会连通起来。右手忙碌时,电话铃声突然响起,左手的假肢就会下意识地去接电话……神经传递居然能达到这种程度,真是了不起啊。大概是神经就是神的经络的缘故吧。"

正如那位老人所说,我根本无法理解。这句话千真万确。

听说靠假肢取得驾驶执照的那个人后来还尝试改变假肢的指尖形状来搬运纸箱。听说那也是由秋山先生的公司制作的。不断追求产品的极致，使假肢逐渐接近真手的形状，我被他们这种精神深深地打动。

## 白衣年代

小原工业创立于战争结束不久的昭和二十一年。创始人小原正次郎先生曾供职于为陆军供应卫生材料和假肢材料的公司，战后成立了自己的公司。

假肢研究在战争时期取得了巨大的成就。

我想起小时候，伤残军人乘电车，人们都主动站起来让座的情景。那时我眼里只有伤残军人穿的白衣反射的光。

战争结束后，退伍的伤残军人只能靠在街头巷尾乞讨为生。裸露着假腿的退伍军人演奏着手风琴，安着假手的男子唱着《异国之丘》。那光景灼痛了我的眼睛。

白衣在岁月中逐渐褪色，直至失去最初的色彩。然而在日本的街头巷尾和人来人往的繁华地段，他们的身影不会消失。

## 好像能赚钱

战争结束后,因为交通事故和工伤事故失去手脚的人不断增多。与此同时,随着社会的发展,手脚残疾的人享受到运动、登山、滑雪的机会也变多了。

"这个好像能赚钱。"

一时间,大型制药厂和家电生产商纷纷跃跃欲试。然而投资并不能轻而易举地得到回报。

只要去工厂转一圈就能了解原因。仅小原工业生产的零件就有三千个之多。一辆小汽车有一万五千个零件,由此可见这是多么庞大的数量!制造假肢时使用的金属模具需要五百多种。这些零件做工复杂,但由厚生省[①]统一定价,不能擅自加价。电视上感动我的那名男子,他的假肢当时的定价为两万六千九百日元。

熟练工们绞尽脑汁,使出浑身解数,仍然赚不了钱,因此大公司也不再投资了。

---

[①]日本主管社会福利、社会保障、公共卫生等事务的国家行政机关。二〇〇一年,与"劳动省"合并为"厚生劳动省"。

制造假肢虽不如先进技术和生命工程等领域瞩目，却在人类社会中不可或缺。假肢及其装饰物是由一家町工厂里的二十名工人、十五名专业技术人员专心致志、全力打造的成果。戴着白手套、实施"握手战术"的政客自然无法见到在熙熙攘攘的东京一隅默默制造假肢的人。

## 类似烤鸡

"在住宅区中央的地下有叮叮当当正在作业的锻冶厂。"

我被带到了这里——小原工业的转包工厂。

这家位于地下的锻冶厂可从小原工业步行抵达。沿着笔直的铁梯一直向下走，会发现这是名副其实的"地下"工厂，是考虑到锻冶时会发出噪音才特意建在了地下。工厂的墙壁上悬挂着剑、镰和钥匙状的铁板。剑象征武士，镰象征农民，钥匙象征商人。过去的锻冶厂在一月开业和十一月八日的风箱节[①]时都会装饰成这样。过去町工厂一定要庆祝风箱节，如今大多不庆祝了。

---

[①]农历十一月八日，铁匠和铸造师等使用风箱的手艺人会庆祝"风箱节"，祈求一年的平安和生意兴隆。

在这里工作的菊池先生是野外锻造职人的弟子。世田谷区如今被称作东京的高级住宅区,其实就在不久前还残留有一些农业用地。

菊池先生负责锻造假腿关节处的衔接器。将硬铝材料在炼焦炉里加热至正好的程度,再拿出来插入一旁的油罐中,瞬间就会升起一股烟。观察烟的颜色和势头,就能知道受热金属的温度。这是传统的方法,在油燃烧即将升烟时,温度是三百五十度,是冶炼硬铝的最佳温度,虽然这一点无法用科学的角度解释清楚。

在被称作弹簧锤的锻压机上咚咚咚地快速锻造,不断重复,眼看着一个衔接器就做好了,而且手法极好。

"就像蘸着调料汁烤鸡一样啊。"工人们开玩笑地大笑道。

以造物为生的人们如此乐观,我十分欣赏。

### 死于地雷事故的人

时隔十年,我又给秋山先生打电话,询问他过得如何。我还惦念着他遭遇的地雷事故。

据美国国务院的统计，如今地球上还有约六十个国家埋藏着六七千万颗针对人的地雷。另一种说法是有一亿颗。据国际红十字会的估算，每年因地雷丧生的约有两万四千人，平均一天约七十人。

每当在电视上看到失去手脚的少男少女，我就倍感心痛。地雷这种残杀与战争毫不相干的无辜之人的杀伤性武器近似于原子弹。日本的退伍伤残老兵从街头巷尾消失了，然而世界上很多地方依旧战火纷飞。在日本生活可能会觉得已经进入了和平年代，但是纵观世界各地，战争仍在持续。

十年前，亚洲各国还因日本制造的假肢价格昂贵而望而却步。如今通过政府间援助项目，小原工业的假肢被销往柬埔寨及亚洲其他各国。小原工业的工人们为世界做出了贡献。

十年前工厂老龄化加剧，技术面临着后继无人的困境。如今招聘启事一发布，就有数倍于需求数的应征者前来。虽然经济仍然低迷，年轻人还是很在意福利待遇。职工也增加了，工厂的人们都干劲满满，我不禁松了一口气。

"菊池先生在地下工厂里硬朗地干着活儿呢。"

有一段时间，东京地价飞涨，世田谷区周边尤其如此。但是菊池先生一直在地下工厂里勤勤恳恳地工作。

日本的泡沫经济崩溃后，工人们用双手开拓了自己的人生。

# 第四章 工厂的工作乏味吗?

钣金加工(昭和岛摄影:饭田铁)

## 螺丝的历史

很多年轻人认为，比起与人打交道的服务业、与自然息息相关的农业，在工厂里造物十分无趣。因为人和自然富于变化，而工厂里的工作单调乏味。

然而并不是这样。

例如，螺丝是工业制品中最常见的一种零件，没有它，就无法生产电车、小轿车、电视机、照相机、钟表……甚至不能建造房子。螺丝就是如此重要。

枪炮中都有螺旋状的膛线，这也可以认为是螺丝的一种。有了膛线，子弹就能在其中稳定地上膛，其作用相当于弓箭的箭羽。水管的水龙头是螺丝的一种，这一点人们大致能想象得到，但多半不知道灯泡口也是螺丝的一种。越是身边的东西，越容易被忽视。

螺丝，汉字可以写成"螺子""捻子""拨子"等。到了明治时期，西方的近代机械技术开始传入日本，螺丝一词被广泛使用。

螺丝的外观与一种蜗螺相似，"子"是用来表示小东西的词尾，这便是"螺子"二字的来源。如今仍有很多螺丝工厂名称中用到"螺"这个字，诸如 A 制螺株式会社、B 螺子制作所。捻子和拨子，是搓、扭的意思，所以也常用这两个词。

螺丝的历史令人玩味。

像藤树一样，结实的藤蔓卷曲缠绕其上，枯萎后形成螺旋状的槽，据说最初螺丝的构想就源于此。公元前，欧洲人就已经在压榨橄榄油和红酒的压榨机上使用螺丝。在日本，人们榨酒用不着螺丝，而是用在撬棍一端放置重石的方法。

早在公元前，数学家和物理学家阿基米德就在古希腊时期利用螺丝发明了抽水机，只是当时的螺丝是木质的。[①]

世界上第一个想出制造精密螺丝机的人居然是名画《蒙娜

---

[①]原文如此。但实际上阿基米德只是描述了这种抽水机，不一定是真正的发明者，而且抽水机所用的螺旋物也并非螺丝。

丽莎》的作者莱昂纳多·达·芬奇，真是一件趣事。[1]无论是人还是物，了解其历史后就会产生亲切感。[2]

## 钉头

钉头通常有方形、六角形和圆形等不同形状。圆形钉头上刻着可用螺丝刀旋拧的槽，有一字、十字和内六角等形状。六角形钉头里面也会有六角形的槽，用六角扳手旋拧更能用得上力。圆形钉头以前常用一字槽，现在大多是十字槽，因为一字螺丝刀不如十字螺丝刀省力，而且十字槽螺丝使用周期更长。螺丝在人们的使用过程中也在不断变化着。

我走访了一家在战后五十年间一直制造螺丝的町工厂——位于大阪府寝屋川市的有四十多名职工的森下黄铜图钉株式会社。黄铜是铜锌合金，图钉是用来固定锅把手的钉子。图钉和螺丝在这家工厂都能制造。

---

[1]达·芬奇的手稿中有很多精密螺丝机的图，但无法确定画的是他自己的发明还是当时已存在的发明。
[2]参考文献：《制作螺丝的名人》（技师之友编辑部编，大河出版，技能书5）、《制作工作机械的人们》（宫崎正吉，MACHINIST出版）。——作者注

现任厂长酒德利一先生在昭和二十八年高中毕业后,就进入这家工厂当见习工。当时厂里只有四名职工,和我当见习工时的情况类似。

从三重县伊势的一个渔村到大阪的町工厂,听说他经历了苦不堪言的磨炼,白天在工厂干活,晚上在工厂的走廊里打地铺睡觉。

酒德先生带我参观了工厂。用车床车螺丝的故事我之前已经写过了。现在特殊的螺丝和非常重要的螺丝也是在车床上车,但是批量生产的螺丝则要用到滚压加工工艺。滚压是一种无车削加工,通过滚压工具向工件表面施加强力,从而改变工件的表面结构。螺纹滚压头上刻有旋纹,只靠一个圆柱形金属棒使之旋转,工件在滚压头的作用下压出螺纹,该工序称为滚压。

现在批量生产的螺丝几乎都是滚压加工。这家工厂制造的是汽车和电器上使用的小螺丝钉。公司名称里有"黄铜",但也做铁制或不锈钢的螺丝。

将铁丝卷成圆筒状放置于机器内部,经过咚咚咚的锻造后变成圆头钉或六角头钉,这个过程叫作"模型锻造"。螺丝不会在这个阶段成形。

接下来到了滚压工序。无须人工操作，只须从机器上方投入模锻后的工件，使之依次从滚压头中间穿过，成形的螺丝就会像小山一样堆积起来。

## 一个只要七钱

模锻和滚压一分钟能生产约两百个螺丝，一天就是约十万个。机器整齐地排列着，一个工人一天要操作七台机器，负责添加材料和管理机器运作，以及检查刚做好的螺丝是否合格。

机器批量生产出的螺丝并不都是合格品，使用红外线检测装置能迅速鉴别出次品。即使这个阶段检验得不充分，在之后的电镀、淬火环节还会再检验一次，以保证发货时产品质量没有问题。假如一百万成品中有一件次品，就会被批评。

"不好好工作，产品就失去了价值，一个连七钱都不值。"

酒德先生这么说之前，我都不知道螺丝的价格是以钱计的，十五个螺丝才值一日元……我暗自一算，顿时没了力气。

"螺丝的价格始终没变，无论物价上涨得多么猛烈，螺丝也不会涨价。因此要尽可能提高效率，过去一分钟做四十至六十个,轻轻松松还能有盈余。"

"跟鸡蛋一样啊。物价涨,蛋价不涨!"

## 螺丝也有个性

不同于在车床上车螺丝,滚压基本上是设备产业,即以机械设备为主,工人为辅的生产活动。

这样的工作不无聊吗?

持这种想法的人并没有深刻理解在工厂制造零件的意义。我代替这些人向酒德先生问了一个问题:"这样生产出来的螺丝是谈不上什么个性的吧?"

酒德先生摆了摆手,缓缓说道:"有个性的。技术好的工人不仅要快速且正确地计划好操作顺序,还要尽早发现有瑕疵的制品。而那些合格的制品,有时会出现品相不好的情况,这时就能看出差距了。'差不多就行了'的差不多先生和'交付这种螺丝真是丢人'的力求完美的工人做出的螺丝成品有很大不同。那些用心工作的工人做出的螺丝才是完美的。"

酒德先生从十八岁当见习工,半个世纪以来,一直奋战在螺丝生产的第一线。

工厂至今大概做过两千八百种螺丝,如今普通的订单也要做四百种不同类型的螺丝,工厂日夜不休。这样一个工厂的厂长追求的竟然是螺丝的艺术感。

我不禁大受震动。

## 永不厌倦

每天上午到了十一点,推着小车的关东煮师傅就会走过工厂门口。我在现在的工厂已经工作了二十二年,从我在这里工作的第一天起,每天都是同一个人推着小车伴着铃声走过。有时远远地听到铃声消失,就知道是有客人了。关东煮师傅就这样每天十一点前后不差十分钟地从我们工厂前面走过。

有一天,我对同事说起关东煮师傅每天坚持出摊这件事,他说:"说不定关东煮师傅每天经过我们工厂的时候也在感叹,那些男人也不厌倦,每天从早到晚地削铁。"

这是十五六年前的事了,我的这位同事六年前就已经退休了。我虽然也已到了退休年龄,但是还在工厂工作,因此看到关东煮师傅的身影时不禁感叹，他也还在啊。

我并不是没有想过退休。无论什么工作，人一旦习惯了就会失去最初的新鲜感和感动，意识到自己每天不过是在重复着同一件工作。

昭和三十年代末至四十年代初，我经常这样想。那时候我三十出头，从十八岁去町工厂算起已经工作了十几年，也算得上是个职人了。

那时日本的工薪阶层中出现一种现象，叫"蒸发"，即一直以来勤恳工作的工薪族有一天突然从家和公司消失不见。在公司里好不容易熬成了科长或者部长，家庭也没有不睦的迹象，就这样莫名地消失了。这一现象还一度成为媒体热议的话题。人们仔细搜寻后发现，他们或在某个山间温泉旅馆打工，或在饭店洗盘子，还有人在码头打工。有的报道称他们这种行为是"渴望变身"。

我也有过这样的时候，只是我会握着车床的操作柄望着天花板发呆。我一辈子都要这样一直削铁吗？我的人生就这样了吗……

## 望着工厂的天花板

　　望着天花板发呆的我如果要变身，充其量也不过是制作三味线、古琴的职人，或者是烹饪日本料理的大厨吧。我在孩提时代经常眺望售卖古琴、三味线的店铺，料理也只是看过开鱼店的父亲做出的那些。

　　我没有"蒸发"的勇气，更何况如今的我还是三个孩子的父亲。抛家弃子这种事我可不打算做。想着想着就会觉得自己有点可怜。转念一想，反正也无法放弃这份工作，干脆就做个真正的车工吧！

　　可即便下了这样的决心，工厂里总有那么几个难以望其项背的车工和整理工。无法企及，便只有放弃，可是内心并没有考虑过车工以外的出路。带着这种心情，我继续站在了车床前。待真正下定决心后，"蒸发"一事早已抛诸脑后。

　　我当时在日本特殊钢的转包工厂工作。特殊钢是指制刀用的钢、弹簧的钢、钢琴丝的钢、不锈钢、喷气式发动机和宇宙卫星使用的超耐热钢等。生产出不同用途的钢，再将其削成轮船、汽车、桥梁、大坝、坦克等的零部件。

钢有数百种，然而车削用的刀具种类却很有限。因此我首先考虑的是，什么种类的钢适合用什么样的刀车削。每天坚持记录工作日志，诸如画漫画，写上钢的种类、车削刀具的种类、刀具的研磨方法、车削速度等内容。

有时候会遇到一年前削过的零部件，翻看日志，再试着用别的刀具削削看，也会尝试着改变刀具的研磨方法。有时候尝试成功，有时也会失败。

## 能看到钢

如此渐渐地在工作中发现了乐趣。之前觉得用车床削铁单调乏味，重新审视过后被其中的奥秘震惊了。而且只要稍微在工具上下点功夫，之前大汗淋漓的工作就会省力不少。回归初心，想起了"人字旁"的故事。

就这样在工厂饶有趣味地削铁，不知不觉七八年一晃而过。画了漫画的笔记本有六本之多。

有一天，总公司要求我们参加提案运动，即工人们把自己

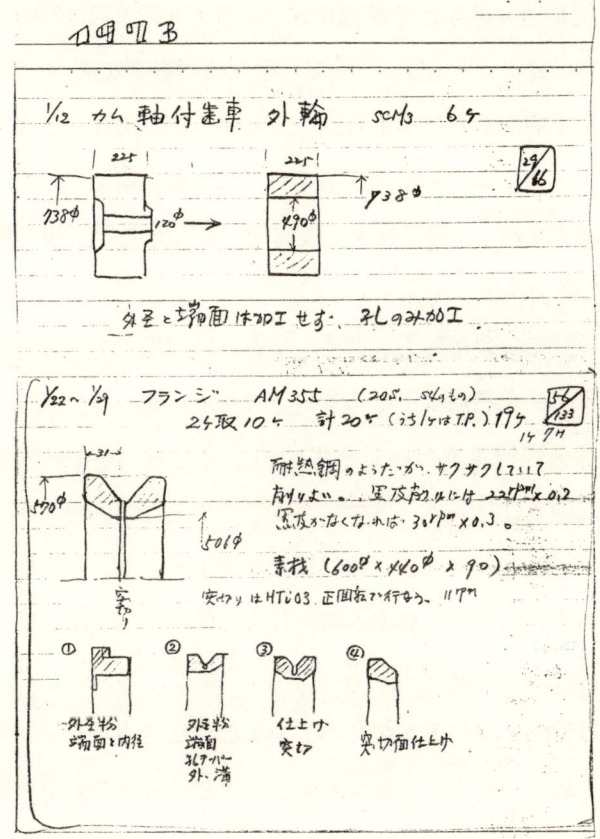

作者的工作日志

工作时好的想法和建议提出来和别人分享，从而提高工作效率的一项运动。这项运动挖掘出深埋在工厂一线的智慧和技艺，使之变成大家共有的财产，令日本的制造业飞速发展。

多小的想法和建议都可以，只要写下来提交即可。提出好方案的人会获得一瓶清酒作为奖励。大家都很嗜酒，但是在写作上都不在行，于是没有人积极响应。但因为是总公司的要求，又不得不服从。

一开始由现场的工人口述，事务员马虎地记录下来。可这样是不行的，最后这个重担落到了我身上。无奈接受了这项工作，我只好回家取出满是油污的六本笔记本，哗啦哗啦地翻看。其间我注意到了一件事。六本笔记本上记录的钢大体上可以分为七类，车削刀具和速度也可罗列出来。于是我在纸上列出一览表，写下什么种类的钢用什么刀具以什么速度车削效率最高。

第二天工厂的工人集合起来，我把自己列的表复印好发给大家，想征求意见。如果大家纷纷出谋划策，这个表格就能更精确一些。

可是这终究成了我一个人的竞技场。没有人发言。其实前一天晚上我在制作这张表格时就已经预料到了这种情形，理由也大致明白。解散后，因腹痛难耐，我匆忙走楼梯进了卫生间隔间。这时来到小便池旁的同事们不知道我就在他们身后，对话径直传到了我的耳中。

"小关那家伙挺爱出风头啊。"

"做这种事就能讨好社长呗。"

"什么嘛，那种小伎俩就算不列成表格，大家也都知道啊。"

直到他们离去很久之后，我才打开隔间的门。

## 没有乏味的工作

我在工厂虽然受到了排挤，但社长喜出望外，迅速把表格提交给了总公司。听说总公司的负责人收到后十分震惊，立即转给钢分析研究室，结果证明我的分类是科学的、正确的。

我依据使用车床削钢时机器和材料传递给手的触感做出了这样的分类。加工图纸里并不会标明钢的成分和硬度，因此我只能依靠刀和钢的匹配度，凭着手感写下那些数据。

即便如此，我的分类还是正确的。更重要的是，虽然从大正时代起工厂就已经开始炼钢，很多机械工也都削过钢，却没有人归纳出这份数据，而一个小小的转包工厂的车床工却做到了，一时间还成为了话题。

不知不觉我竟说了这么骄傲自满的话。

讽刺的是，因为这一张被同伴嘲笑的表格，我开始被认可，也因终于成了一名优秀的车床工而信心大增，挺起了胸膛。

没有乏味的工作，只有把工作干得乏味的人。工作本身并不无趣，只是无趣地工作感受不到快乐罢了。

# 第五章 夫妻工厂

铃木夫妇（摄影：饭田铁）

## 巾帼不让须眉

在这个从前只有男性工作的领域,近来多了许多年轻女性的身影。前些天在一档电视节目里看到一个女工登上电线塔顶端维护,我大吃一惊。据说仅关东地区就有十八位从事这项工作的女工。她们腰间携带的工具包重约二十公斤,而且据说平均每天要登上十五座五十米高的电线塔。

町工厂一直都有很多女工。我刚进町工厂当见习工时,那里就有许多女工,做着诸如冲压、组装等简单重复的劳动。当时的女工不会操作复杂的机器,所以我从没和她们有过技术上的交流。但在个人成长和人际关系等问题上,她们教会我很多。战争刚结束后不久,人们生活水平低,那些女工同我并肩站在工厂的生产一线上，互帮互助，共同劳动。

几年前，工厂里有三位彼此关系不错的女工，号称"三杰"。我跟其中的一位一起参加了一家女性杂志主办的座谈。

"有件事已经过去很久了，我可以说出来吗？"

"可以啊。"

之后，她说出了一件我完全不知道的事。她们三人曾在午休时间偷偷潜入废金属回收处偷铜屑，然后用卖铜屑的钱去看电影，还在电影院买了面包吃。那部电影是《七武士》。

她笑着说："特别刺激，可有趣了。"

别看她们这样，在工作和生活上可比男工还要认真。有一次，她们中的一位在使用冲床的时候被切掉了一根手指。她要养活酗酒的丈夫和五个年幼的孩子。

"那女人不会是'章鱼'吧？"当时男工中还有这样的传言。有些工伤会留下后遗症，因此工厂要支付补偿金。故意受伤以获取补偿金的人被叫作章鱼，因为据说章鱼饿了会吃自己的脚。

之后，女工们一反常态地激烈抗议，那些男工肯定也想不到会这样。我这辈子也忘不了她们当时抗议的身影，她们对生活的深远思虑是男工们完全比不了的。我不禁感慨，从容地登上电线塔顶端的女工们真是巾帼不让须眉。

## 夫妻工厂

很多女子因为丈夫创建了町工厂，于是在工厂帮忙，其间完全掌握了车床等机器的操作方法。之前提到的冲床工厂的本田花夫人就是一例。

现在在大田区六乡町经营着一家小型町工厂的铃木信次和直子夫妇，是之前在区内的町工厂一起工作时相识的。信次先生是技术高超的车工，但技术好不代表一定能赚钱，反而很多时候都赚不到。老实巴交的信次先生被同行欺骗，工作了好几个月，最后却背负上八百万日元的债务。

"那时一根萝卜十日元，他给了我一张千元钞，说这是一个月的生活费。那段时间真是难熬，他还跟我逞强。我都想回乡下住了，但带着孩子又不能回去，连车费都负担不起。"

直子夫人在工厂工作的时候，还要往乡下的老家寄生活费，这样的老家当然也无法回去。

"我倒是无所谓，但是妻子太可怜了。"

当时，信次先生一接到工作，直子夫人就去帮他。在一天到晚见不到阳光的小小的町工厂里，直子夫人带着刚出生不久的婴儿开始干活。她在房梁上吊一个摇篮，把婴儿放在里面，边哄孩子边工作。如今，吊摇篮的金属环还留在梁上。当时的婴儿现在已经长大成人、结婚生子了，铃木夫妇也早已抱上了孙子。

现在的直子夫人已经能熟练使用工厂里的钻床、铣床、牛头刨床、车床……

"我们家是有了妻子就什么都不怕，我最得意的事就是别人请我妻子做事。"

即使在经济低迷、工作机会大量减少的现在，二人新房的贷款也已经还清。

## 悦子夫人的困惑

同样是夫妻工厂，阿部精机制造所的阿部洋先生和悦子夫人的情况略微不同。阿部先生继承了父亲的事业，但他大学时学的是经济，本来打算毕业后到公司就职。车床操作技术是跟着他父亲和当时父亲身边的职人学的。

悦子夫人在北海道长大，因缘际会和阿部先生结了婚。"我对町工厂一窍不通，嫁过来又不是来上班，本来想着不会亲自去做什么……"后来竟然在工厂操作起了机器，这是她做梦也没想过的事。

阿部夫妇育有三子，悦子夫人就在家附近的工厂做些零活。那三年里，她渐渐习惯了机器的操作方式和机油的气味。

但是悦子夫人对一些事情无论如何也习惯不了。"应该说是职人习气吧。年轻的时候来到工厂，拼命努力想要掌握一些技术，但总有人说'都教给他们，他们就会抢我们的饭碗'。年轻时即使干劲满满也学不到什么……时代不同了啊。"

悦子夫人说这些的时候，一旁的阿部先生马上点了点头，表示赞同。"确实是这样。我就被父亲工厂里的职人摆了一道。重要的东西都藏在自己的工具箱里，就连车刀也用布包起来，藏起来。"

"对于做零工的女工来说，仅仅是想学会一点技术。但是别人会告诉你别想那么多了，学不会的。"

阿部先生进入工厂后，只好参加商业会馆的课程，从图纸开始一点点学起。对职人习气不满的阿部夫妇正好在那时得知一家教授数控机器的学校开始招生授课，于是一同前去学习。

## 圆形脱毛症

不久,阿部先生为工厂购入了新机器,是一台价格不菲的小型多工序数控机床。组装好之后,阿部先生对悦子夫人说:"这是你的机器。就算失败了,或者机器坏了,我都不怪你。"

虽说学习了机械编程,但是悦子夫人从没想过自己会得到一台多工序数控机床。这居然成了现实。悦子夫人从一名零工摇身一变,成了真正的女工。

学过机械编程,并不意味着可以实际操作机械,需要根据不同的作业类型,选择刀片,还要考虑加工顺序,然后试做。在课堂上无论多么有自信,第一次实际操作时还是会忐忑不安,直到整个流程结束。这一点,没有体验过的人是不会明白的。

"有一天总公司的社长亲自来参观,就在他的注视下,咚的一下,相当精准。"

旋转着的刀片咚地撞上了加工零件,零件和刀片都坏了。

"那台机器对心脏不好,我也开始脱发了。患上了圆形脱毛症,还有神经衰弱。我丈夫的胃也受到了损伤。"

我开始操作新机器的时候，牙龈也一直肿着，没长虫牙，牙齿却不停地脱落。

如今的年轻人肯定想象不到，那时候的新兴职业——机械程序员中的很多人因为圆形脱毛症和性欲减退而烦恼不已。这些症状都是神经极度疲劳导致的。

就这样，连车床和铣床都不会操作的悦子夫人开始操作起多工序数控机床，把它作为自己的机器，开始了漫长的女工生活。

如今的悦子夫人可以熟练操作两台多工序数控机床，站在她旁边的阿部先生则操作着一台数控车床。圆形脱毛症是暂时的，现在的她已经长出了美丽的长发，工作时用头巾包着。也不再说心脏不好，只是站在车床前专心地工作着。

## 来我们公司吧

在江户川区机械制造所工作的奥山理惠小姐，从山形县的一所普通高中毕业后，便来到这家公司担任设计。她最开始是一名事务员。

"每天坐在桌子前,我觉得很烦闷,看到生产线上的工人,我也想去试试看。"

机械制造所是专门制造冲床的生产商。

"去了工厂,我最先被安排做电气工作,配线什么的。后来,有人问我要不要去做设计。于是我学习了半年的手绘设计图,还掌握了CAD的用法。"

CAD是一款设计软件,如今在机械和建筑设计里必不可少。

奥山小姐用CAD设计图纸时,有不懂的地方就直接去工厂,让现场的工人教她。她对待工作非常积极。

"町工厂给人的印象是又脏又严格,确实如此,我工作的时候经常会产生一种'啊,我真的在工作'的感觉,这一点比在大公司工作感受到的强烈得多。"

奥山小姐有时候也会负责冲床的销售。公司生产出新产品后,设计师也会出席交易会。奥山小姐在工厂接触过电气工作,可以独立完成配管、配线、试运行的演示。交易会现场的人们目瞪口呆,一个女人居然连这些都会做。试运行结束后,听说有人问她可不可以到自己的公司去。

女性设计的机器是为了让女性使用起来更方便,在此之前只有适合男性使用的冲床等机器，有的工厂也想让女性操作机器。女性对机器操作的适应能力很强，工厂效率由此会大大提高，这样一来大家都开心。

"通过这些例子我们可以发现，人都有创造的需求，无论男女都一样。这不是一种理念，而是可以实现的事情。"这是教授奥山小姐等年轻女设计师的堀泽晃老师说的话。

## 越后姬小锻冶的故事

一九九八年，德国慕尼黑举办了一场国际工匠技艺博览会。来自日本新潟县三条市的刀匠岩崎重义和夫人文子参加了这场为纪念慕尼黑手工业博览会举办五十周年而召开的盛会。

岩崎文子夫人把参加这次博览会的经过写成了一本书，即《越后姬小锻冶奋战记》，还送了我一本。里面写了一则故事，讲述他们参加博览会的契机。一九九五年，德国一位乐器制造大师来日本，十分欣赏岩崎重义先生制造的刀，于是在德国的家中搭建了一个铸刀场，并拜岩崎先生为师。

要在博览会上实际演示日本刀的制作，就必须带着日本的风箱、木炭。锻造工具自不必说,还要带上火炉必需的耐火黏土和砖,以及淬火用的土和稻草灰。此外,国外没有的玉钢[1]和藏金[2]也得带着。用这些工具在慕尼黑的会场里搭建起正宗日本火炉,实际演练炼钢和制刀的工序。

我去过几次岩崎先生的铸刀场,和他们夫妇二人结识的时间很长。岩崎重义先生虽是一名传统的日本刀铸刀师,也曾经在金属显微镜下科学地分析过正仓院[3]的刀剑。他不仅能做剃刀和小刀,大到工业用镰刀,小到刻印用的刻刀也都能做。最近听说岩崎先生所在的三条锻造厂的铁匠们还造了伊势神宫迁宫时使用的传统古钉——和钉。

我曾经问文子夫人,铸刀场只有岩崎先生一个人,锻打时怎么办。

"我用大铁锤打呀,穿着牛仔裤。"

听她这么爽朗地回答,我大吃一惊。大部分刀匠在锻刀时不允许女性进入工厂,有的刀匠锻打时还穿着袴[4]。

文子夫人原本是小学老师,和岩崎先生结婚后学习了以前

---

[1] 锻造日本刀时使用的一种从铁矿砂中冶炼出的钢。——作者注
[2] 土仓、寺庙、宫殿等翻修时出土的古铁。——作者注
[3] 位于日本奈良东大寺内,收有服饰、家具、乐器、兵器等各式各样的藏品。
[4] 日常生活中为了便于干活而穿的一种宽大裤子。

没有接触过的知识,在帮丈夫干活期间逐渐掌握了铸刀技术。

两年前,某商社委托文子夫人亲自做一把切出小刀。素有"越后铸刀师"之称的岩崎先生在弟子文子夫人的作品上刻上了"越后姬小锻冶"的铭文。

因此,既是夫妻又是师徒的二人一同参加了慕尼黑国际工匠技艺博览会。这是来自世界各国的代表们竞技的盛会,共持续了十天。很多人一连几天都围在岩崎夫妇的展台前,研究日本传统的制刀工艺。

文子夫人在《越后姬小锻冶奋战记》里这样写道:

> 有一天,十几个身着黑色大衣、宛如保镖一样的壮汉来到我们的展台前。媒体自然也都围了过来。我丈夫侧坐着,我在一旁抡大铁锤。突然,一只大手伸到我面前,要跟我握手。我赶紧用围裙擦了擦手,握住那只手。那是一只温暖的大手,手的主人居然就是德国首相科尔。我真是受宠若惊啊……

## 为何女性用大铁锤？

一位德国刀匠一连几天都前往岩崎夫妇的展台参观学习，最后他提出了这样一个问题："为什么锻打时，女人用大铁锤，男人用小铁锤？"

在铸刀场里，师父侧坐在一旁，用小铁锤叮叮叮轻轻地敲，学徒则要挥动大铁锤用力打下去。抡大铁锤是一项重体力劳动，为什么要让女人来做呢？

日本钢的质量在全世界都是数一数二的，十分讲究火候。在炉膛里加热到什么程度的钢要用多大的力度锻打，很难把握。

岩崎先生大致讲了下方法后，说："举例来说，你就是合唱团的总指挥……希望你能懂。"

"哦，这样啊，了解了。"德国的刀匠点了点头。

岩崎先生在这次博览会上获得了最高荣誉——金奖。颁发金牌的同时还有授奖辞，翻译过来就是——授予用玉钢锻造出高品质日本刀的岩崎重义先生金奖。《奋战记》书里写道，是由拜恩州州长颁的奖。

很久以前，岩崎先生对我说过这样一番话："所谓职人，就是做于人有益之事的人。他们的工作不可能有趣，但是不开心地去做这项工作，就称不上职人。"

三条工业联合会召集了以岩崎先生为首的众多名工，开设了一个"锻冶道场"，指导人们如何锻冶刀具，六次课程就能学会切出小刀的熔炼和淬火后的研磨。每年该道场都会吸引各行各业的男女老少前来参观学习，其中不乏家庭主妇、教师，也有学生和银行职员，他们非常享受职人工作的过程。

做于人有益之事，本身就是一件乐事。真正懂得其中乐趣并乐在其中的人会将这份喜悦分享给他人，独乐乐不如众乐乐。

### 工具箱里的破烂

最后，作为一个来自町工厂的人，我来回答一下悦子夫人对职人工具箱的疑问。

我在十几家町工厂工作过，虽然被称为流浪职人，却没拥有过属于自己的工具箱。

町工厂的职人携带的工具箱里，有本人用惯的工具，还有自己费了些功夫做出来的工具。年轻的时候甚至会产生一种感觉，仿佛里面藏着未知的宝物。

但实际上，工具箱里面并没有绝密的东西。我在町工厂工作了近半个世纪，看到过多位职人的工具箱。

非常优秀的职人绝不会对自己的工具或者技术保密。有些人的技术蕴含着无限的宝藏，其技能之丰富令人咋舌。但这并不是指他们掌握了无限的技术，而是把自己掌握的有限的技术从容地传授给他人。在传授的过程中，自己一定也会有所得，学习到新的技术，因此看起来就是无穷无尽的。

而那些对工具箱秘而不宣、不愿和他人分享新技术的职人，则和时代一起被不断发展的技术遗留在了过去，他们工具箱里堆积的不过是些破烂罢了。

## 第六章 技术的传承者

岩崎重义先生的铸刀场(左为作者 摄影:谷口弘幸)

## 老板运

我在町工厂的时候，经常会听到这样一句话："我的老板运不错！"

就像有"老婆运""丈夫运"一样，也有"老板运"。

若是遇到过分的老板，连骨髓都会被吸干，最后被抛弃。这种阴险恶毒的老板我也没少见。对于刚从校园步入社会的青年来说，很难判断老板的品格，所以催生出老板运这样的词语。若是遇到人品好、领导能力欠缺的老板，还能勉强过下去。若是遇到领导能力出众、人品却不怎么好的老板，该怎么办呢？赶快下决心辞职，还是说服自己想开点呢？若所在的是大公司，还是早点离开吧。近来，日本最优秀的、被表彰过的、引领行业的大企业被曝出偷税、牟取暴利的事情。那家公司的员工说辞职就辞职了，几万名职工中鲜有人同老板有过交往，于是说走就走。

小工厂却不是这样。工作赚钱，这一点理所当然，但是同老板关系很亲密，无法说走就走。

我在很多町工厂工作过，几乎都是能马上离开的。现在回想起来，离开真是一个好的选择。

虽然明白这个道理，有时却不能说走就走。我二十三岁就结了婚，等到终于有了孩子组成三口之家时，已经在工厂辛辛苦苦工作了六年。家庭生计是个很大的难题，况且还有三千日元的外债没有还清，其他事情更做不了。当时的三千日元大致相当于现在的五万日元。我把这件事告诉了老板，老板说："你别告诉大家，我给你增加五千的工资。"

涨五千日元，比当时厂长的工资还高。我不想隐瞒大家，无论如何不能背叛信赖自己的厂长和同事们。就因为老板的一句"别告诉大家"，我想还是算了吧。我拒绝了老板的好意，而他生气地说："拒绝我好意的人，我是不会支付他退休金的。"

之后我使用的机器出现了故障，他到处散布说是我弄坏的。

在这样的老板手下工作一辈子，我的内心也会扭曲吧。

## 流浪职人

"哪有什么完美的人,如果真有,那也太恐怖了。哪怕浑身是缺点,只要有一点闪闪发光的品质,我都能和他过一辈子。"

——这是某个电视剧里的台词。大概是讲恋人的,但是朋友、职场的人际关系不也如此吗?每个人身上都有很多缺点。

一九九八年秋天的勤劳感谢日[①],我作为多年连续工作的劳动者接受了区长颁发的表彰奖状。会场里聚集了三百多位工作了十年、十五年乃至二十年以上的劳动者。我在当时的工厂工作了二十多年。大田区中小企业聚集,环视四周,不禁感慨大家的老板运都不错啊。

我得到了有区长签名的奖状和价值三千日元的购物联票,按道理说不应该抱怨什么,但是我对这个表彰制度提出了一点异议。没有直接向区长反映,而是通过一个熟识的区议员在议会上提出的。

我的意见是,表彰多年在同一家工厂工作的人无可厚非,

---

① 日本法定节日,为每年的 11 月 23 日。

但是大田区町工厂很多，假如一个流浪职人在不同的町工厂工作过，而且都是在大田区内，那么就相当于为区内的工业做出了贡献。

古老的车床（摄影：饭田铁）

像我这样的人很多，在工厂工作得好好的，因为老板运差了点，被辞退了，或者工厂倒闭了，只能再就业，他们通常会在勤劳感谢日的第二天午休时午休时露出落寞的神情。被表彰的人把前一天领到的奖品摊开放在桌子上，说着晚会上歌手们的八卦。他们只沉默地听着。

在一家工厂工作多年的人，工厂会对其进行表彰；而在一个区内工作多年的人，能对其表彰的也只有区长了。我提出了这一点，得到的回复是："这是一个很好的提案，我们讨论后再决定。"

我之前写过那些流浪职人无法安定下来，到不同工厂工作的故事。其中有人是因为没有耐性，无法在一个地方长久地干下去，有人是因为不擅长处理和同事之间的关系，也有人是为了追求更高的薪金，还有更多的人是为了学习更好的技术，想做更有趣的工作。他们在不同的工厂做过不同类型的工作，单凭这一点也称得上是非常优秀的专业技术人员。

这些优秀的流浪职人起到了传承技艺的作用。不能把他们简单地评判为没有耐性的人，否则他们就没有存在的必要了。正因为存在着需要流浪职人的技术并雇用他们的工厂，才有了流浪职人。现在仍然存在这样的工厂，而那些无法接受流浪职人的老板还是早点卸任吧。

## 寂寞的年轻人

十多年前的事了。

一个看起来性格耿直、一头花白头发梳理得整整齐齐的父亲带着一个年轻人来到我工作的地方。社长松田贞一边带他们参观，边给他们讲解工厂里成排放置的机器。大概是完全不懂机器的外行。他们离开之后，一个好打听小道消息的同事告诉我，那个年轻人下周就会正式入职。

那时自愿到町工厂工作的年轻人非常少。当时，电视和杂志提到町工厂时，经常会用到一个词，3K，指的是严苛、脏乱、危险①。其实还可以再加一个词，就是便宜。工厂薪金很低，因此很多人都不愿意来。实际上无论年轻人期待的薪水是多少，他们都不会来这儿工作。我工作的地方没有二三十岁的人。为什么呢？大概都去做荞麦面店送外卖的小哥，或者是继承父亲的矿工工作了吧……大家有各种各样的猜测。

江田就是那时候来到我们工厂的。

"我是江田，请多指教。"

他自我介绍完之后，咧开嘴微笑，我们发现他前排的三颗牙齿没有了。年纪轻轻的，就因为虫牙都拔掉了吗？和大家嬉戏玩闹的时候，发现他长着一张娃娃脸。工人之间都不太讲过去的事。身体上有残疾的人很多，大家有种互相都不问过去的默契。

---

① "严苛""脏乱""危险"的日语首字母发音均为 ki，简称"3K"。

开始的半个月,从早到晚都是社长带着他工作。只要有时间就在工厂的社长对任何机器都十分精通。他让江田负责最新最贵的那台数控机器。为了学习这种机器的操作方法,附近好几家町工厂的年轻人都来过我们工厂。

一开始江田要做的是在加工前往机器上预置材料,加工结束后再把材料取下来。慢慢地,他掌握了操作盘上各个按钮和开关的功能,可以自己启动机器,操作程序。他按照步骤,一步一步地熟悉工作流程。偶然注意到他的时候,他正在本子上记笔记。看到这幅场景,一个年长的职人嘟囔道:"工厂有年轻人真是好啊。"

过去的见习工连大声说话都不敢,更别说想学东西,而且居然还是社长手把手地教。

"这里特别适合学习技术,会有来自全国各地的各种类型的订单。在这里工作三年,就相当于在大公司工作十年。你可得努力呀!"

"这台机器与那些都不一样。这台机器可是未来社会的主力军,你要是能掌握它,以后不管到哪儿都不愁工作了。"

听到大家的话,江田只是咧着嘴笑,没有门牙的黑洞一览无余。

真是个寂寞的年轻人啊。我当时在他旁边工作,看着他不禁感慨道。他工作的时候很认真,但是半年过去了,一年过去了,他仍然没有向我们打开心扉,年纪轻轻的也不去补牙。虽然跟他讲话他也回应,但对谈总是无法继续下去。

## 五反①田的一家之主

在如今这个时代,人们更注重与孤独共处的能力,而不是远离孤独的勇气。

——江田离开工厂之后,我突然意识到了这一点。

他好不容易熟悉了工厂的工作,然后请了一阵子假。社长担心他,便去找他,他就害羞地回来工作,依旧十分卖力。一个月后,他又请假了。这样的事发生了好几次。

"看他这样一赚点钱就请假,八成是养了女人。"

"是不是和坏孩子交了朋友,把钱都借出去了?"

私底下大家有各种各样的猜测。然而他再也没回来工作。江田人虽不在,"是不是被高利贷追债了?""被怀孕的女人骗

---

① 日本土地面积单位,1反约为992平方米。

了?"之类的流言却没有停止过。直到有一天,他住在千叶县的父母来到工厂,带来一箱分量十足的梨,感谢大家之前照顾他们的儿子。至此,流言才总算止息。

两年后的一天,江田突然出现在工厂。仔细观察,发现他的牙补上了,因此看起来比两年前年轻了许多。问他过得好吗,他也能口齿清楚地回答。

江田从我们这里离开后换了几家工厂,现在在一家大型制铁所的制罐工厂负责操作一台十几米长的大型多工序数控机床。

这件事的来龙去脉也很有趣。

那时制罐工厂第一次引进数控机器,到了一看,操纵机器的电脑控制台,和江田在我们工厂使用的一模一样。他非常熟悉那台机器,于是自告奋勇,问可不可以操作一下。

据说当时他身边的工人都惊得目瞪口呆。"你在哪儿学的?"之后就不必多说了,他在那家工厂操作了更多更先进的机器,此后一直活跃在生产线上。就这样,他的工作稳定了下来。

"听说掌握了这台机器的操作方法,就可以赚到年龄的一万倍的薪水。真好啊,真不赖。"松田社长这样对我说道。

我开玩笑地回他:"工作安顿下来了,下次就该结婚了。"

七年后这句玩笑话才成真。去年秋天,江田结婚了。社长作为嘉宾被邀请前往,听说在婚礼现场和江田先生的同事聊得风生水起。他高兴地跟我说,江田的公司特地感谢了他的培养。

"经济繁荣的时候,町工厂被大工厂抢走了人才。经济萧条的时候,则是被抢走了饭碗。"经常能在町工厂听到这句话。想想江田的故事,何尝不是这样呢。

社长说:"我们能培养出这样一个年轻人是多么幸福的事,我很高兴。"

江田是一个老板运很好的人啊。

我想起了一句老话:"职人就是五反田的一家之主。"意思是说,以前一反田收获的粮食够一个人吃一年,而职人的技术能够让一家五口人衣食无忧。


### 只要我的眼球还是黑的

当然,即使在同一家工厂,也有人和江田境遇不同。

比如说,有一位姓坪井的工人,二十二年前和我一起经由职业安定所①介绍来到了现在这家工厂。他之前自己经营了一家铣床工厂,第二次石油危机时经济低迷,工厂停产关闭了。他和我一样,在同一次经济危机中因为工厂(我之前提到的日本特殊钢的转包工厂)倒闭而失业了。

我们二人都在四十多岁时失业,然后又终于实现了再就业。我最终在町工厂里负责数控车床,而他负责铣床。

数控车床(摄影:饭田铁)

那时数控车床是很稀罕的机器,很多人来参观学习。他也不例外,工作之余稍有闲暇,就向我提问题。

---

① 日本免费介绍职业、指导就业、办理失业保险等事务的机关。

"哦，原来是这样啊。真是一台顶呱呱的机器。"他操着一口东北方言感叹着。

后来我们工厂引进了比数控车床更先进的机器——多工序数控机床。这台机器能生产出他负责的铣床制造的任何一种产品。

因此他只要有空就会来看，只不过他仍然停留在"原来是这样"的层面。

"我都能学会操作数控车床，坪井先生肯定没问题，只要你想学，肯定能学会。"

我这么一说，他摇了摇头。"哪里哪里，只要我的眼球还是黑的，通用机床就不会从这个町淘汰掉。"

多工序数控机床是一种机器，操作者操作不熟练是不行的。像他这样不愿意学习操作新机器的机械工那个时候都摆着一张骄傲的脸。

"什么嘛，电脑这种玩意儿我怎么可能学会呢？没办法啊没办法。"

但是他们根本没怎么花时间去磨炼自己的技艺。

新型机械更能发挥传统机械职人的技术，制造出他们之前无法制造的产品。

如此一来，他就被时代抛弃了。

经济终于有了起色,各地的町工厂都在积极复兴时,坪井离开了工厂。

坪井说那时候他又有了自己开工厂的打算。开过工厂的他总忘不了赚大钱的经历,很难满足于工人微薄的薪水。

去者不留,这是松田社长的一贯主张。公司用离职的坪井等人的人工费购买了新机器。

## 另一个流浪职人

几年后的一天,离我们工厂只有私铁一站地的町工厂的工人乘电车来我们工厂参观。一打听才知道,原来是坪井工作的工厂。坪井在那儿说:"这个年代没有一台数控车床和多工序数控机床的工厂已经跟不上时代了。"听他说这话的语气,好像自己会操作数控车床似的。工厂一看他的简历,发现他曾在不远的町里那家引进了新型机器的町工厂工作过。

工厂引进新机器后,要花时间接受培训和实际操作才能熟练掌握使用方法。如果坪井当时肯努力,不正是学习的大好时机吗?现在的厂长们都知道了多工序数控机床的好处,争先恐后地购买。

那家工厂也斥巨资购买了一台多工序数控机床。然而当机器运到工厂时,挑大梁的坪井一反常态,坐立不安,大概被吓着了。更惊慌的是他们老板。

"真可怜呀。"

就这样也就算了。但这正是町工厂的有趣之处吧,我想。

机缘巧合之下,在他们工厂使用多工序数控机床的那名工人来到我们工厂,请教我们工厂最熟练的老手,也就是厂长的大儿子。每次厂长的儿子都不得不去给坪井善后。

让我感动的是,新的技术就是以这种方式在町工厂之间交流和传承的。因此,坪井误打误撞地在做流浪职人期间也起到了技术传承这一重要作用。

这些事没有流传出去。几年后坪井来我们工厂参观,他走到我面前,对我说:"你还是老样子啊,还干这个。经济形势好点了吗?"

我回答完之后,他说:"嗯,哪儿都差不多。我先走了,以后再来。"

然后他就回去了。社长和同事谁都没告诉他那件事。这大概是对一起工作过的同事的体恤吧。

# 第七章 过程最重要

木模具作业(摄影:饭田铁)

## 六十年在土中

一位木匠曾对我说过："蝉在土里七年，破土而出后只能生存七天，假如这七天都能看见阳光也就满足了。而我呢，在木屋里待了快六十年，还没出去过呢。"

说这话的是一位以拥有多家铸件工厂而闻名的埼玉县川口市的职人。这位木匠自嘲说自己的工作不见天日，他的心情我并非不能理解，感受却有所不同。

铸造时要使用木模具。很多工件需要把铁熔化后注入模具中成型，我们身边的东西例如寺院的钟、铁壶、风铃，还有贝壳铁都是这样。将铁熔化后浇铸至砂型中，就能呈现出各种各样的形状。要想制作砂型，就要先制作木模具。比如要想制造一座钟,首先要用木头制作一座同样大小的木钟,在内外两侧用原砂固定,随后拔出木模具。如此一来,原砂围起来的部分就是钟的形状。这就是砂型。然后将熔化后的铁水浇注其上,形成钟。

总是在耗型中使用的木模具再过六十年也还是在土中,用蝉来比喻简直太精妙。这确实是很朴素的工作。

"坐奔驰车的人不是医生、律师,就是模具工。"

可是模具工并没有那么引人注目。

他们的技术确实很高明。虽然我只用了寥寥数语来说明,制造木模具就是用木头制作与钟同等尺寸的木钟,实际操作起来却没有这么简单。

砂固定好后,为了不致崩塌,必须制造容易拔出的木模具。模具工必须认真考虑怎样能轻易地拔出木模具。提示是孔明锁[①]。

金属遇冷会收缩,因此要预测其收缩的范围,在制作木钟时将收缩范围纳入考虑。否则,即使有好的设计也做不出合适的铸件。

---

[①] 又称"鲁班锁",中国古代建筑中的榫卯结构地固定结合器,设计极为精巧。相传为鲁班所发明,后来孔明将其改良为一种益智玩具。

此外还有很多问题亟待解决。首先要有木模具，有了木模具，铸件才能实现批量生产。

## 木模具是智慧的结晶

日本机械铸造技术的发展据说源于造船厂。一位对木模具了如指掌的工人对我说，他小学毕业后就去了横须贺的海军工厂，从事木模具的制作。他就是昭和四十九年被评为川崎市劳动模范的山本忠次郎先生。

山本先生认为木模具是工业制品的功臣、幕后英雄、光荣的牺牲者。然而他仍然忘不了向我诉说工作的乐趣。"自己制作的木模具如果被铸造工表扬，就会特别开心。"

一名合格的木模具工需要掌握铸造时的收缩余量、折弯余量、工艺补正量、倒角，设计上的拔模角度、反变形量，机械加工的加工余量、夹持余量、定位装置、车刀刀片贴合面间隙，木材接合方式的固定榫槽连接、双侧接榫、交叉半榫连接、肩榫连接、铆接等基本知识，熟练运用技艺、技能。

——劳动省①培训局《木模具教科书》

虽然我作为一名车工对此不是很熟悉，但是制作木模具一定需要很多知识和技能，像山本先生一样的传统职人大多小学毕业后即开始学习，才掌握了这些技能。

"刚开始，我也一头雾水。"说这话的时候，山本先生正在工厂制作汽车的复杂模型。我问他，要做这么复杂的木模具需要具备多少年的经验。山本先生若无其事地回答道："嗯，差不多得二十年吧。"

我终于理解了"木模具就是智慧的结晶"这句话。

## 年轻人的感性

战后开始学习制造木模具的泷口良一先生，是在前辈的严厉教导中成长起来的一名优秀的木模具工人。

---

①日本主管工人福利和工作内容等劳动事务的国家行政机关。二〇〇一年，与"厚生省"合并为"厚生劳动省"。

日野市早川工业公司专门制造汽车的发动机木模具，经验丰富的职人让工作经验只有五年的泷口先生独自完成这一任务时，他开心地买了照相机，拍了照片。

"教科书里没有木模具。看着设计图，先有个木模具的印象，然后再画出来。木模具不用借助他人之手，按照自己的想法做就可以。整个过程自由且快乐。虽然很难，但能做出成果。"

木模具没有专用的设计图纸。看到产品的设计图，需要做什么样的木模具得自己考虑。因此，虽然产品是由别人做，但是整体的构思是在自己的头脑中，这点就像木匠一样。

一言以蔽之，想做什么样的木模具是个人的自由，只要最后能做出好的铸件就可以。

"不要沉迷于技巧，脚踏实地、一点一滴地积累技艺，这才是窍门。辛苦的尽头是真正的快乐。"

因为家里有八个孩子，泷口先生放弃了上高中的机会。这番话承载了他沉重的过往。

早川工业公司每年都招收很多高中毕业的年轻人。开始的半年，为了体验不同的工作，这些年轻人要在模具厂、铸件厂、机械厂和设计岗位轮岗。积累了一定的经验后，会按照个人志愿分配到不同的岗位。

"每年最受欢迎的职位,你觉得是什么?"

泷口先生问我,我想起了自己还是见习工的时候。是最先进的机械工厂呢,还是 CAD 设计室呢……

"是木模具厂。每年都有八成年轻人第一志愿选择了木模具。"

我一时大受震动。木模具甚至用不到像样的机器,现在的年轻人为何选择木模具呢?

然而与我所想不同,年轻人不是根据帅气与否选择工作的。木模具是最自由的工作,这半年我深刻地认识到了这一点。"过程自由且快乐。"泷口先生一语中的。

我不禁感慨道:"年轻人都很感性啊。"

从那以后,每当有人抱怨"现在的年轻人啊……"的时候,我都会把这些故事讲给他们听。

## 为什么车工也是职人?

制造木模具和用车床削钢的工作是完全不同的。削钢的时候会有固定的图纸,车工只须根据图纸忠实地再现设计,完美呈现出指定的制品即可。车工根据自己的判断,哪怕和图纸有一点不同，原则上都是不允许的。

车工 A 和车工 B 削出来的东西必须完全一样，这就是工业制品的特点。

东京墨田区聚集了很多中小企业，经常会举办一些被称为"拥挤墨田"的展会。每家小企业能做的东西很有限，但大家合作起来就能开发出新产品，或完成一项复杂的大型工作。如今这种集会的形式在全国推广开来，"拥挤墨田"可以说是先驱一样的角色。

给每家参会的工厂发一张图纸，要求他们做同样的产品。然后将做好的成品混在一起，让工人从中选出自家的制品。结果竟然没有人选错，都认出了自家的产品。但是这也成了协同合作的障碍。

工业制品不允许存在所谓的个性，而工艺品和艺术作品则必须要有个性。在制作和服或家具时，职人的个性是被尊重的。制作和服、洋服、家具等产品的职人想方设法地创新，就是为了做出有别于他人的制品。然而工业制品不允许个性的存在，这个问题必须要解决。

即使如此，我还是称在工厂工作的人为职人。我操作数控车床，就称自己为车床职人。

为什么？工业制品自然是追求无差别的。但是要做出无差别的东西,需要用什么方法和工具,却是每个职人需要认真斟酌的问题。工作的过程是自由的。只要做出的产品是无差别的、符合要求的即可。在制作过程中,完全可以发挥每个人的个性。为了做出完美的、无差别的产品,就必须充分发挥自己的个性,这样的劳动者才可以称为职人。

职人不仅要制作产品,还要在工具上下功夫。否则,用别人的方法和工具工作的人不过是单纯的劳动者罢了,对别人来说可有可无。

技艺能体现在产品上,产品制造者的个性会体现在生产的过程中。

长久以来,我都有一种错误的想法。我一直期望别人看到一件产品时,一眼就认出是我的作品。发现这个误区后,我工作的时候轻松了许多,待我醒悟过来,发现这正是造物的难处。

## 段取八分[1]

近来听某一家工厂抱怨道:"没有了车工真是麻烦呀。"

---

[1] 意为做好充分的事前准备相当于事情已成功八成。

以大田区来说,这几年里就有两千余家工厂关门停业。职业安定所里挤满了失业的工人,然而,车工和熟练工仍然不足。熟练工也可以理解为职人。

大田区的城南岛有一家町工厂,名叫"大洋机械株式会社",主要制造处理废水的离心分离器和航天相关的机器零部件,有二十名职工,其中还有一位六十七岁、经验丰富的老手。

"让他做一个零件,他还会拿出连年轻人都惊讶的劲头。"

社长猪狩洋和其他工厂的社长不同,不因工人高龄化而烦恼,反而拿他们当宝。过去工厂里常说一个词——段取八分,工作要想顺利进行,全靠段取八分。

与批量生产的工厂不同,每天都要制造不同零件的工厂会在段取八分上尤其下功夫——使用什么工具和怎样的操作顺序,有时也必须自己动手制作工具。这种事前准备被称为段取,是一道工序。这道工序顺利完成后,之后的工作才能顺利进行。处埋这道工序的工人叫作"熟练工"。

"前些日子在职业安定所的介绍下,招了一名有二十年经验的车工。结果一上机,现场的工人都惊叹'你确定是在操作车床吗',技术太差劲,最后把他辞退了。"社长猪狩先生感叹道,"熟练工奇缺啊。"

我认为，那位职人的二十年经验并不是撒谎。大概他是在大工厂或者小工厂反复做了二十年同样的工作，稍微变化一点，就手足无措了。

我也见到过类似的职人，也是一位有着二十年经验的车工。他来工厂工作，厂长让他用车床削一个船的零件。这个零件有点变形，不用四个手指摁住它，车床就不转动。这项工作虽说麻烦，却不是特别复杂，町工厂的任何一个车工都能在三十分钟之内做出来。可是三四个小时过去了，他满身大汗。"抱歉，我干不下去了。"说罢便起身离开了。

有不少町工厂跟猪狩先生的工厂一样，产品数量虽少却种类繁多，即所谓的多品种少量生产，因此工人需要具备很好的随机应变能力。

猪狩先生将一把零件放在桌上，让大家仔细看。六根长度不同、直径五十毫米的细长型螺丝，据说是航天相关的机器零件的治具①，称得上是完美的典范。

"这是五年前接到的任务，并不是谁都能做的活儿，是由区内的一名职人单枪匹马做的。如果这个人的技术后继无人，该怎么办？"

---

① 协助控制位置或动作的一种模型工具。

大洋机械和二十多家这样的小町工厂有合作。猪狩先生不禁担心起自己的工厂里熟练工不足的问题,也为町工厂职人技艺的未来深感忧虑。

### 磨制镜片的容器

出生于工人家庭,后来因《周六晚与周日晨》《一个长跑运动员的孤独》等作品成名的作家艾伦·西利托,十四岁从学校辍学到工厂工作,后来成了一名车工。他用六角车床制造六角螺帽,工作的两年里总共制作了六十万颗。这些用于 SpeedFire 战斗机或者轰炸机发动机上的螺帽,被送往了位于英国德比的劳斯莱斯工厂。

"我十六岁的时候,成了一名正式的熟练工,一个对政治有思考的成年人。"[1]

这样的熟练工并非没有。"熟能生巧"就是指熟练、无差错。关于大量生产同一种零件的熟练工,我在介绍小螺丝制造工厂时已经写过。他也是,在成长为一个熟练工、能独当一面的大

---

[1] 摘自《我怎样当了作家》。——作者注

人时已经十六岁了。世界上哪有这么好的事，我终于明白了。

接下来我要说的是一九九八年十月七日 NHK 教育电视台的 ETV 特辑《日本职人列传》中提到的人物，磨制镜片的职人的故事。

明治初期，朝仓松五郎在欧洲学习玻璃制造技术时写了《玉工传习录》一书，于是制作玻璃球、磨制镜片的技术传到了日本。将玻璃球对半切开后放在圆盘上，涂上研磨剂，转动玻璃球，专心研磨，就能做成镜片。这是研磨镜片的基础方法。

任职于尼康公司镜头科的吉崎友教先生在昭和二十九年中学毕业后就进入工厂，从事镜片研磨工作。当时的日本正处于照相机热潮之中，吉崎先生专心研制单反相机的镜头，使得尼康享誉全世界。

尼康不仅研制相机镜头，还利用镜片研磨技术制造了半导体制造装置——光刻机。光刻机的镜片要求达到 0.00001 毫米的精度，这相当于东京巨蛋体育馆那么大的镜片只允许存在 0.001 毫米的误差。

高端相机的精度是 0.001 毫米，可想而知光刻机的镜片精度有多么高。成功研制出光刻机的人就是吉崎友教先生。昭和五十年一号机完成后，光刻机至今仍是尼康的主力产品，在世界上占有最大的份额。

光刻机的制造是由尼康公司的技术人员完成的。其中有一位说道:"我一直都没在意过镜片。如果需要,有人设计出来我们制造就行了嘛。"后来他发现,做起来根本没那么容易。

然而镜片最终还是做成了。吉崎友教先生一开始还在犹豫是否要把具体内容在电视上讲出来,最后他还是坚定地站在摄像机前讲了自己的想法。真不愧是职人啊。他所做的工作让我这个外行也不禁点头称赞。

"如果用普通的容器来研磨,镜片会因为摩擦起热而发生微小形变。我考虑了很久,想找到一种能最大程度抑制摩擦产生的热量的容器。然后我发现了网纹盘。"

在鱼盘的平面刻上网状花纹,竟然成功了。随后吉崎友教先生在电视上公开了网纹盘的做法。

虽说这项技术有可能被别人拿去用,但并不是谁都可以模仿。技能是如此深奥的东西,这一点从三丰公司的木村俊雄先生和日进精机的太刀川洗吉先生那里就可以知道。

即便如此,吉崎友教先生设计的网纹盘仍然是空前的成就,实现了 0.00001 毫米精度的镜片的批量生产。

所谓技能,是只有靠人的温度才能进行物质生产的技术。

如果没有这个镜片，就不会出现光刻机。可见技能有时领先于技术。

把光刻机镜片变为现实的过程中，刻着镜片研磨职人吉崎友教先生四十四年的人生。造物时，产品的个性就体现在这个过程中。

## 第八章 工作和玩的界限

女厂长（摄影：饭田铁）

## 恍然大悟

《日本人的问题》是 NHK 的一档针对生活中人们习以为常、不以为意的词语进行简单提问的电视节目，形式是比赛作答，可以边娱乐边学习。例如，京都先斗町的"先斗"[①]其实是从葡萄牙语"ponto"而来。再比如，为了介绍超市里那种售价一两百日元的厨房用橡胶手套为什么那么便宜，电视台节目组走进了工厂，拍摄了橡胶手套制作的全过程。

有很多木制或者塑料制的人手形状的模具，挂在移动的传送带上，浸入盛有橡胶液体的木桶，几秒钟后模具抬起，后面的模具依次浸入。在移动的过程中，附着在模具上的橡胶冷却

---

① 先斗的日语发音为 Ponto。

成型变成手套,在下一台机器上摘下。

节目组的工作人员不禁发出惊呼,主持人伊知郎说道:"真是恍然大悟啊。"

工厂的生产线一般很难被外人看到。但拿起生活中常见的东西,思考它的制造过程,是一件很有趣的事。

买到一份便当,塑料小盒里装着酱油和调味汁。往那么小的盒子里注入调味汁一定很不容易。既然如此便宜,一定不是人工操作的,无疑是机器。在啤酒工厂里将啤酒注入瓶子,再盖上盖子,也是用机器来完成。

但如此一来,设备费不是更贵了吗?还有更简单的方法吗?当然还是有的,就是真空装置。将大量塑料小盒置于其中,抽去装置中的空气使之成为真空,这时注入酱油,小盒会将酱油全部吸进去。这个方法我觉得十分惊艳。

## 高尔夫球的替身

已经是将近二十年前的事情了。我们工厂接到一个订单,用车床车出制作高尔夫球替身的金属模具,用于制作直径五十厘米的高尔夫球。

我没做过高尔夫球,所以不太了解,好像因制造工厂而异。在电视上投放广告时要对球进行放大处理。L公司的广告里只映出了球上方的三分之一,"缺乏立体感"和"实物不太一样"等批评层出不穷,于是公司马上做了半球。

高尔夫球很畅销,做广告片时要用到球的照片。小小的高尔夫球在广告上成倍放大后,表面粗糙,很不好看。如果做一个大球,在广告片里缩小播放,就会很漂亮。

赶快做直径五十厘米的高尔夫球!对于这样的要求,赞助商委托广告代理商,代理商委托……最后到了我手里。

把大铁块削成两个半球形的金属凹模和凸模,两天就能削好。用这对模具就能制作出直径五十厘米的橡胶半球。但是高尔夫球表面的凹点如何做呢?作为车工,我并不知道。

接手这项工作时,我专门去了别的工厂请教,终于恍然大悟。用做橡胶高尔夫半球的金属凹模制作一个石膏凸模,并在其上开与高尔夫球表面凹点相同的小洞,再在表面完全覆一层橡胶密封,石膏里的空气就会被挤出。

"就像这样。"工人当场吸一大口气,脸颊鼓鼓的,然后吐气,脸颊就瘪了下去。原来如此,这样橡胶就像被吸进孔洞一样，凹点自然也能做出。

"年糕师傅会想办法让年糕变得好吃。"我听到这句话的时候十分开心。

不必为了广告拍摄而制作实物，高尔夫球广告更是如此，只要看起来像高尔夫球就可以。工人要考虑的是，怎样快速又便宜地把它做出来。

我经常制造机械的工件，及船和飞机的零部件。如果把这些叫作实业，那么为了拍广告而做的高尔夫球替身就是虚业。工厂的人对我做出来的金属模具非常满意，并表达了谢意。

"这么努力做出的东西，却只能在广告里播放十五秒。"他落寞地笑着。

虽说是虚业，但是这两天的经验也成了美好的回忆，因为学会了排出石膏中的空气和制作高尔夫球的技术。

## 纸模型飞机机身

有一天，正在工厂工作的我接到了一通电话。是我的书《削铁》的读者。

有时候有人会觉得，既然我能写出那样的书，一定是技术非常好的车工。

"纸模型飞机，您知道吗？要想做机身，需要很复杂的准备工作。您能帮我吗？"电话那头的他说道。

纸模型飞机我在电视上看到过。总重量只有几克的轻型飞机在空中飞行，互相比拼在空中的停留时间。

"机头部分直径长八毫米，尾部直径五毫米，机身长五十厘米。机身要制作芯骨，然后才能做成纸管。我联系了好几家工厂，都被拒绝了，他们还说如果有人能做出来，请一定要教给他们。"

我将听筒挂在耳旁，开始兀自想象对方所说的这种芯骨。把细小的铁棒削成尖锥，近乎神技。我突然想起了钓竿。

"我用钓竿试试，把和纸溶掉，卷在钓竿上，风干后拔下来就是纸管。但必须是相当高级的钓竿才行。纸模型飞机构造精细，因此芯骨要尽量做到完美。"

他拜托的那些工人一定做过各种形状复杂、尺寸精确的零件，是能独当一面的车工，却连形状如此简单的一根铁棒都削不出来。于是工人们握着听筒的手开始出汗，只好跟他说："抱歉，我帮不上忙。"

有一种类似锥形销的机器零件正在被大量生产，但是好像也做不出来像纸模型飞机这种长度的东西。要想做出来，就必须有特殊的工具。做一根这样的芯骨，应该不用花费几十万乃至几百万日元。

最近在一次饭席上提起这件事，有人教了我高尔夫球杆的制作方法。高尔夫球杆也是一种锥形铁棒，而且表面一定要非常平整光滑。首先做出同样形状的金属模具，将其切开一半，然后将几个弧度相同的模具一起放在冲床上面加工。越压越细，这样一来，就能做出完美的锥形铁棒。

纸模型飞机虽说是一种玩具，但是因为我惦记着机身的芯骨，因此又学到了新技能。

## 游艺之心

几年前，我曾拜访过人偶师第八代传人玉屋庄兵卫的工作间，向他请教活动人偶[①]的制作方法。人偶是用江户时期制作"端茶人偶""射箭童子"的优秀技艺制成的，是现代机器人的原型。

---

[①] 约十七世纪时，日本在西方机械时钟技术的强烈影响下，利用齿轮和凸轮等技术制作的一种人偶。

人偶衣服包裹下的躯体以木头和鲸鱼须为原材料,利用机器制作,其做工之精巧,令人咋舌。

玉屋庄兵卫先生的作品有道后温泉的"那须与一"、犬山站前的"活动钟表"、名古屋水族馆的"浦岛太郎"等。与织田信长有着不解之缘的名古屋市万松寺里有一座台子,上面是正在跳幸若舞的"织田信长"。幸若舞是一种动作极其复杂且剧烈的舞蹈。织锦包裹着的织田信长人偶的身体是以木头、细绳和代替了鲸鱼须的金属发条为原材料,用传统的技艺制作而成,十分惊妙。使用微型计算机配合精密零件,现代机器人也能跳出美妙绝伦的阿波舞。

玉屋先生是如何在技艺上精益求精,不断创造出新型人偶的呢?

"就是'游艺之心'吧。我先在脑海中勾勒出人偶头部,也不画图纸。只要有了开头,新想法就能源源不断涌现出来,然后再做出实物。"

玉屋先生的工作间里放着弁庆和牛若丸的头。要做什么姿态的活动人偶,他还没想好。看着牛若丸的头,不一会儿就能涌现出好想法,所以叫作游艺之心。玉屋先生二十五岁时继承了上一代的技艺,在那之前他是做能乐面具的,先做好头部,从中获取灵感，最后呈现出完整的人偶。

虽然和玉屋先生的游艺之心略有不同，但是工厂的职人们也经常怀抱着游艺之心。做一项复杂的工作时要付出多少精力，使用什么工具，都要慎重考虑。如果需要花些时间，就对厂长说："能让我稍微玩一下吗？"

厂长也知道职人不会偷懒，便由他们去了。职人就望着天花板，抽着烟，在金属堆置场转来转去，在闲置的机器上做一些没用的东西。大概这样过个一两天，他就会拿出令人眼前一亮的特制工具。

玩，大概就是进展不顺利、没有灵感的一种委婉表达。然而一旦时机成熟，工作就会进行得异常顺利。

以我的经验来说，这样的"玩"很好理解，而且会让工作变得更容易。即使工作的过程不是那么顺利，也培养出了对玩宽容的职人。这就是职场的智慧吧。

争分夺秒追求效率的工厂里，每个人都屏气凝神，小心翼翼。在分辨不出消极怠工和积极游艺的区别的老板手下干活，真是太无趣了。

## 火箭头

位于横滨市的日本 SPIN 株式会社拥有一项能用一块板做出 H-II 火箭头的技术。这意味着他们拥有滚塑成型工艺，一般又被称作"旋压技术"，关西地区也叫"旋压成型"。

旋压机的原理与结构类似于金属车削车床，却不同于在冲床上加工金属凹凸模。在制造火箭头的表层时，首先要制作回转体筒形金属模具，然后套在机器上。回转体筒形件的前端覆盖一块平展金属板（H-II 火箭前端表层的坯料是硬铝板），使金属板和金属模具同时旋转，同时用类似高尔夫球杆的小铲子将金属板贴在金属模具上。金属板一点一点慢慢贴合金属模具，逐渐变成筒形。

和冲床不同的是，这种方法不会改变金属板的厚度。火箭零部件这样大的物体在旋压时要耗费很大的体力，更需要高超的技艺，没有十年以上的经验做不了这项工作。火箭头直径两米，用小铲子将金属板压在模具上，在这个过程中，要根据金属板传递给手的感觉及时调整按压力度。这项工作很依赖感官。

"用手指记住这种感觉,然后记在肩膀上。窍门我都教给你了!"社长滨中高一先生在现场转来转去,对我说道。

"以前 3K 这个词流行的时候,我还担心这工作招不到年轻人。可是没想到还挺受年轻人欢迎,工厂里那些染着黄头发、戴着耳钉的人,我还挺喜欢和他们聊天的。"

据滨中先生介绍,滚塑成型工艺起源于中国,经由丝绸之路传到欧洲,之后又传到日本。

如今虽然有了数控旋压机,可是工厂里传统的机械和工艺仍然保留了下来,多用于制造卫生间洗面台这类日用品,及神社的铃、装饰桥柱的金属部件等。昭和初期有一家叫"牵牛喇叭花"的制造扬声器的工厂,还有很多制造鸡尾酒摇混器的职人。

旋压技术不同于冲床加工,不需要金属凹凸模具。一般只需要凹模,少数情况下也用木模具。旋压时金属板的厚度不变,即使强力旋压也不会改变,能完成冲床做不到的曲面加工……旋压技术有这么多优点,因此到现在依然是一项不可或缺的工艺。

制作神社的铃、装饰桥柱的金属部件等使用的旋压技术竟应用于 H-II 火箭这类先进的现代科学中。火箭升空时,最先到达宇宙的居然是这种技术啊！这样一想，觉得颇有趣。

## 委屈地工作

"我当然去过种子岛①。火箭升空的瞬间，大地的震动传到身体深处，全身被一种说不出的感动包围着。"

滨中先生的工厂是由从事旋压工作的父亲手中继承来的，工厂除了制造一些航天零部件外，还制造半导体机器、医疗器械、重型电机、核发电机的重要零部件，甚至还包括啤酒发酵槽这种不需要现代技术的机器零件。

如此重要的工作使用的旋压技术竟然还没被劳动省或者通产省②认定，就像车工和焊工一样。不仅如此，好像也没有旋压行业联合会。我只知道，东京的旋压从业者有一百余人。

虽然没有被国家认可，但这依然不能改变有很多人以这项技术为生的事实。但凡这世上任何一项重要的技术，都会扎实

---

① 种子岛宇宙中心是日本著名的宇宙航天基地，隶属于日本宇宙航空研究开发机构，位于鹿儿岛。
② 通商产业省，日本主管工商、资源、计量、中小企业振兴等事务的国家行政机关。二〇〇一年改组为"经济产业省"。

地传承下去，关于这一点，我在 SPIN 公司见习的时候有过很深的感触。

正好那一天 H-II 火箭头的金属模具被装在木箱中由大卡车运到了工厂，我终于得以见到那圆圆的火箭头模具。比洗面台和茶壶大得多的火箭头用一块平板旋压而成。光是想想职人们工作的场景，我就激动不已。

在工厂二楼的焊接房中工作的山下升先生，中学毕业后在职业培训学校学习了一年，后于昭和六十年进入了工厂。如今三十岁的他俨然是一位熟练的焊工了。

"刚工作时整天在充满烟尘的厂子里待着，讨厌得不得了。"他这样说道。如今他却觉得工作非常有趣。他现在的工作是焊接不锈钢容器，比传统的焊铁工序更为复杂。

"来工厂三四年的时候，我渐渐能看懂图纸了，也能自己落料[①]了，也是从那个时候开始，我在工作中感受到了乐趣。自己试着做一下，做成之后就会产生巨大的成就感。造物的乐趣我也是慢慢才体会到的。我觉得有很多年轻人都讨厌在工厂工作。我只能告诉他们，来试试，不会厌烦的。"

然后我故意使坏地说道："现在很多年轻人的想法是，虽然

---

①使板料分离，得到所需形状和尺寸的平片毛坯或制件。

讨厌在工厂工作,但是为了赚钱还是能忍耐的。上班时间忍耐一下,赚了钱就能在下班时间好好享受了。这样的人生也没什么不好。"

山下先生手里拿着自己做的不锈钢器皿,直截了当地说:"反正一天要工作八个小时,与其憋屈着倒不如开心点。"

不管是染发还是戴首饰,我们这里都欢迎哦。我想起了滨中先生的话。

遗憾的是,工厂认为优秀的工人还未被国家认可,因此无缘参选每年由劳动省评定的"现代名工"。

# 第九章 没有教科书的工作

焊接作业（摄影：饭田铁）

## 江户切子名工

据传,江户切子这种在玻璃里切入花纹的手工艺起源于江户时代后期的天保年间。后来萨摩藩藩主岛津齐彬从江户带回了切子职人,发展出了萨摩切子。当时还没有磨床,只能靠手工打磨,明治以后才开启了机械化进程。

虽说实现了机械化,但也仅限于磨床上金盘和磨刀的旋转,而在玻璃器皿表面画出最基本的线条,再用磨刀按照纹样切出形状,这道工序则完全是手工作业。

东京江东区的江户切子第一人是小林英夫先生。他在平成[①]三年被选为现代名工。他制作的玻璃容器在阳光下折射出绚丽

---

[①] 日本明仁天皇在位期间使用的年号,时间为1989年至2019年4月30日。

耀眼的光，让我甚至误以为容器本身就是一个发光体。与其说这是一项雕刻艺术，不如说是光的艺术。

小林先生的作品在日本传统工艺展上获了奖，他还在日本桥三越百货举办了个展，作品自然价格不菲。同样是玻璃制品，一般的也就一千日元左右，而小林先生的作品则被陈列在商场的橱窗里，这便是差距。

小林先生教会了我两件事。

一是萨摩切子的事。萨摩切子的特点是多采用绛紫色、深蓝色的玻璃，如今作为日本传统技艺仍在矶庭园①里展示着，不再作为商品销售。小林先生解释道："在萨摩，切子作为藩主的一种政治工具，没有在百姓中普及。随着藩主的离世，切子的技术便失传了。如今在矶庭园里展示的萨摩切子是我的弟子所做。但在江户，幕府虽然覆灭，技术却流传了下来。江户切子的技术正因为在民间发展，才得以保留下来。"

另一个是技术。优秀的相扑力士千秋乐获得的奖品中有一个捷克的水晶玻璃杯，设计优良，但是仔细看就会发现研磨技术粗糙。聊完这个话题后，我说了一句愚蠢的话："和小林先生高超的技术相比，商场里陈列的玻璃制品简直太差了。"

---

① 位于鹿儿岛市矶地区，是萨摩藩藩主岛津家的府邸。

"怎么说呢，技术是很难评价的。在这个行业，我认为哪怕只是切出简单的篱笆纹或格子纹的玻璃容器，工人的技术都是优秀的、不可复制的。"

小林先生这句话仿佛给了我当头棒喝。

江户切子技术流传于民间，因此没有失传。为什么？因为有广大的群众基础。既然在民间流传，那么必然不能只有富豪商人、达官贵族才用得起的物品，还必须得有便宜的物品。相应地，也必须得有成本低廉的技术，正因如此，才有了江户切子这一产业。

批量生产的产品成本低廉，但能因此就说它技术低下吗？小林先生告诉我，如今东京约有五十家公司，共约五百人以制造玻璃制品为生。正因为有了他们的付出，切子才能被更多的人使用。不能说他们的技术低下，而自己的技术高明。这就是现代名工的话。

不仅玻璃制品如此，现代的工业制品都是这样。我不禁深深低下了头。

## NKK 的名工

几乎是同一时期,被选为现代名工的铃木凉二先生跟我促膝长谈。铃木先生在 NKK(日本钢管株式会社)任机械作业班长,和小林先生的传统手工艺有很大不同。

铃木先生的工作是修理熔矿炉和压延机,有时也制造并修理大型制铁所的机械设备。如果炉子的一部分发生了故障,因其巨大的体积,无法停炉和拆卸。因此,要修理发生故障的部位,还要设计、制造特殊的机械。在狭窄的空间、难以站立的高处,铃木先生动作敏捷地工作着。

这项工作没有教科书。

"其实我是想上工业学校的,而我父亲也在 NKK 工作,负责组装和整理。他推荐我去技能培训班,于是我就放弃了上学的打算。"

我去工厂的时候,他给我看了一份设计图纸。据说那是世界上独一无二的一种机器,由他亲手设计,这绝不是一件容易的事。没有上过工业学校的铃木先生精通众多工作母机,为此他付出了大量的汗水。

"这工作到处是油污,年轻人可能都想离得远远的,但是我很想让他们来体验一下这种大汗淋漓的畅快感觉。"

在铃木先生口中,工作的喜悦远远大于付出的辛劳。自己亲手做的机器守护着巨大的熔矿炉,于他而言是十分欣喜的事。

然而这样的铃木先生丝毫不因自己被选为现代名工而骄傲。

"我的工作就像你看到的这样,在大工厂干活,虽然被称为名工,但只有我一个人是不行的。工厂里有很多技术是靠共同传承积累下来的,大家一起出谋划策,才有了生产众多产品的可能性。我只不过是其中的一员,并没有多么了不起。我不觉得这是给我一个人的荣誉。"

江户切子小林英夫先生和NKK近代工业中的机械工铃木凉二先生,这两位在不同的技术领域中追求极致的名工,他们的话语有着异曲同工之妙,我不禁感到一阵赧然。

没有大家的技术就没有今天的他们。对于这一点,名工们都有自己的感悟。

### 就像攀登珠穆朗玛峰

　　一般说起塑料制品，就会联想到利用金属模具批量生产的工件。其实有的产品即使只须做一个，也会有用到塑料的时候，就像专为电视广告拍摄而制作的高尔夫球替身一样。除此之外，还有为了开发新产品而试做的样品。用在特殊地方的照明器具、特殊的医疗器械等，如有必要，也得做几个塑料制品。

　　和批量生产一样，塑料制品需要金属模具，可如此一来成本就会升高。就像用旋压技术代替在冲床上拉伸一样，只用凹模压缩空气，使塑料板成型的技术产生了。模子的原料是便宜的木头或铝。

　　在大田区多摩川沿岸的町里经营着一家小工厂的藤重元信先生做的就是这样的工作。我曾受藤重先生之托车一个特殊照明器材的铝罩模，因此才有机会向他学习。

　　船舶天线的外壳类似于电视机显像管的外壳，做成它的方法，用行业术语来说就是"冲压成型"。在生橡胶中加入聚氯乙烯树脂的平板在电炉里加热，通过压缩空气成型机加压，拉伸。

像洗脸盆那样轻轻挤压还算简单，而天线的外壳上有一个像啤酒瓶那么厚的圆柱形突出物。

"别的工厂都说做不了，所以来这儿了。前边纤细的部分拉伸后，底就会掉。我们工厂也尝试了许多方法，比如改变加热温度、调整拉伸速度，中间失败了好几次，坚持不放弃，最后那百分之一的努力就能成功。"

这最后百分之一的努力，可能就是别的工厂做不出的原因所在。

藤重先生的工厂创立于昭和二十八年。战后加工工业还没有形成规模时，他们父子一齐上阵，埋头研究，可谓是行业先驱。既没有机器，也没有加工技术的积累，这完全是没有教科书的工作。

每当藤重先生接到多摩川沿岸町工厂的特殊订单时，都会借助木厂、金属模具工厂、玻璃加工工厂、车床工厂、铣床工厂的技术。

"因此，把不可能变成可能的过程就像攀登珠穆朗玛峰一样。能站在山顶的只有两三个人，可他们的成功离不开很多人的帮助。"

一说到"一条路走到黑"，脑海里马上浮现的是顽固的职人世界，然而现代职人们大多带着柔软和感性在工作，柔和，灵活，却不孤独。

## 工厂的焊锅匠

有一种职人被称作"工厂的焊锅匠"。我小的时候，时常有焊锅匠穿梭在町中，挨家挨户修补锅具。坐在长屋前，用焊枪补锅上的破洞，或焊上掉下来的把手。

工厂的焊锅匠是指焊工，近来也有人称他们为"整形医生"。焊工的工作范围包括但不限于修理。他们焊接各种各样的东西，大到几吨重的坦克也能用铁板焊接。焊锅匠、整形医生是我们这些在机器上削铁的工人对他们的昵称。

机器的一部分受损或者车多了的时候，工人们就会说："这个就拜托焊锅匠啦！"然后把需要修补的零件拿到附近的焊接工厂。工厂里技术高明的焊工会帮我们修补得非常好。有的零件眼看只能当成废品处理掉，但是焊工能够凭借高明的技术修补好，对我们来说，他们就像神一样。

二十世纪二十年代初，我在大田区一家位于海边的町工厂

"花谷"工作。那里是石川岛造船公司的转包工厂,主要负责车削大型船舶零部件。工厂只有战前使用的旧机器,外壳已经破损,在加工船舶零部件时齿轮经常滑落。

碰到这种情况,我就赶快拆开车床取下齿轮,骑自行车送到焊锅匠那里。有个叫"吞川"的地方,渔船很多,在它的入海口处有一家焊接工厂,挂着"奥野熔焊"的招牌。

工厂里的几个焊工都在忙碌着。厚厚的平板上萦绕着线香燃烧的烟圈,焊工走近燃烧炉,拧上栓,砰的一声给燃烧炉点上火,再拧开栓,随即燃烧炉中的火焰迅速而猛烈地喷射出来,正好作用在平板上的零件。零件被灼烧得红彤彤时,把焊接棒放进去,使之熔化、胶着。

在忙碌的焊工周围,几位"顾客"正排着队等候。町里还有其他焊接工厂,但是奥野口碑最好,经常有顾客在机器旁排起长队。尤其是铸铁机器零件的焊接,町里的工厂无出其右。

焊铁时,炉膛里木炭燃烧,加热铁至赤红状是一项相当难的技术。我曾经拜托他们帮我焊接过几次车床的圆锥齿轮,做好之后拿回去能和另一半齿轮完全咬合。

"奥野的焊接技艺十分高超。"职人前辈们的话并非虚言。

### 整形外科的名医

那之后二十多年,我一直在多摩川附近的一家工厂工作。

不知不觉已年近五十,在这家工厂工作期间,焊锅匠这个词渐渐只在上了年纪的职人中使用,一般都用整形医生了。

下丸子町有家口碑很好的焊接工厂。下丸子町的人很少听说奥野之名。"说到焊接,还是及森先生最厉害啊。"我作为车床工,不能直接去焊接工厂,但是用卡车把需要焊接的部分运送到工厂去,我看到加工后的零件不由得感叹他们焊接技艺的高超。

有时候,也有关于及森熔焊的流言。

有的工厂把价值数百万日元的大型金属模具误车了一部分,只能当作废品处理掉了。拿到及森熔焊给及森先生看,询问修理费后吓了一跳,据说需要二十万日元。明明只有一小部分被误车掉了,加胶居然要花费二十万,工厂的人觉得太不像话,于是拿了回去。

那家工厂有焊接工具,也有焊工,因此尝试着自己修复。

我们工厂也有焊接机，机械工也可以做简单的焊接工作，他们的心情我不是不理解。

谁知工厂自己加工后更糟糕了。几百万的金属模具产生裂纹，结果完全变成废品。

"真可怜，为了省二十万，赔进去几百万。问了问专业焊工，他说稍微加热一下金属模具需要焊接的部分就行。"这就是专业和业余的区别啊，为此工厂付出了高昂的代价。

金属模具由特殊的钢制成，而且形状复杂，因此要对钢的性质了然于胸，仔细观察其形状，焊接的部分需要加热到什么程度，要有这些必要的判断才可以。教科书上没有这些，只有通过长年工作积累经验才能获得这些技能，因此优秀的焊工才有"整形名医"之称。

## 植根于町

很久之后，听我们厂长说，其实及森熔焊的及森文雄先生有一位师父。我们厂长从战后不久就在下丸子町工作，对町工厂的历史十分熟悉。

"这个町有一位老人,拥有超高的焊铁技术。他就是宫代次郎先生。他已经退休了,但你也可以去请教他。"

受到厂长的鼓励,我去拜访了宫代先生。

宫代先生上初三时,父亲去世了。昭和十年他从旧制中学毕业。他后来的岳父当时正在东京经营一家焊接工厂,虽出生于关西,但是在焊铁方面称得上是天才,手下的几个弟子也纷纷独立,在东京创立了工厂。

"入伍前的四年里,他一直在那儿学习。"

在中国当了四年兵,退伍后又工作了一年,这时召集令到达了南方。战败回国后发现,工厂在东京大空袭中成了一片荒原。

"昭和二十一年,宫代先生结了婚,第二年他以十五万的价格买下了大森九丁目的工厂,开始和岳父一起经营焊接工厂……"

宫代先生就此开始在名工的手下学习焊接。

焊接时,物体变形的程度不同,焊接方法也相应不同。要想完美地焊接,需要考虑零件的材料,还要有经验。铁是一种会热胀冷缩,形状会随温度变化的生物。为了不让它变形、硬化产生裂纹,在焊接前要考虑在何处进行何种程度的预热。

"岳父把大森工厂交给了我的小舅子,然后于昭和三十一年在下丸子町建立了这家工厂。刚成立之初没有客户，他只好向附近的工厂分发名片。"

他们的技术最终得到认可，以多摩川沿岸的大企业为主的订单源源不断地涌来。凭借一门手艺，就得以在一个陌生的地方扎下根来。

"人家说我们焊接费贵也没关系。我经常教育年轻人，别让人家说我们技术差，而要说焊接之后比之前更结实了。我们不做别人也能干的活儿，只接别人做不了的特殊焊接工作。口碑传千里，别说东京地区，就连外地也会有订单过来。我们焊接过数百台机械压力机主体部分，虽然有人会质疑，但确实从没有失败过。"

我听了他的话，想起了吞川沿岸的奥野熔焊。奥野也是这样，把主体放入炉膛中加热至赤红状。

于是我讲了年轻时骑自行车路过的那家工厂的故事。"吞川满是灰尘的藤兵卫桥下面，有一家口碑很好的焊接厂，奥野……"

宫代先生认真听着，表情渐渐柔和下来。"那就是我岳父的工厂，现在由我的小舅子经营。"

啊，原来宫代先生是奥野熔焊的弟子。我光想着奥野所在的町叫"花谷町"，却没想到从这儿过了桥就是大森九丁目。

## 町支撑着町工厂

及森文雄先生生于昭和十七年,十七岁进入宫代先生的工厂当见习工。之后十八年间一直在宫代先生手下做事,后来才独立出去。宫代先生没有继承人,及森先生就在下丸子町建立了新工厂。

招牌上现在是"及森熔焊"这几个字,而不是"溶焊"。[①]就像"钣金"等词是金字旁而不是木字旁一样,焊接工厂也用火,所以用"熔"这个字,"熔"原来是"镕"(镕化金属)的俗称。

我去过几次这家工厂,混了个脸熟。以前是在板子上点燃线香,烟气缭绕,如今是用打火机点火。顾客排队等待的光景和之前我在吞川的尘埃中看到的一模一样。

我本以为工厂的整形医生、急救医生及森先生现在没多少工作要做,闲得无聊,结果发现他穿着工作服正在做金属模具,而且有一个零件甚至削到了0.5毫米。

"您技术好,拜托您啦。"

---

[①] 日语的"溶焊""熔焊"意思相同,但前者更为常见。

"说我技术好……我也就只有两只手,现在要想加胶非得有第三只手才行。"

及森先生一边说笑,一边给相当复杂的金属模具焊接部分加了胶,修理费两千日元。这件五十万日元的金属模具被穿着工作服的男子小心翼翼地抱回了家。

特殊钢的焊接需要四百度的高温,缓慢加热四个小时。焊接结束后,放在山形农家烧完的柴火灰中冷却。等到能用手拿起来的时候,及森先生就会对准备回家的顾客说:"今天拿回工厂后,不要放在太凉的榻榻米上哦!"

还有客人在排队。两个身穿西装的男人抱着看似很重的金属模具进来,掏出名片恭敬地递过来。"七年前您曾经帮助过我……"

设计出了问题,金属模具的一部分破了,他们低头致意拜托及森先生想想办法。

据说及森先生建立工厂之初,把电话登在广告上发出去也没有半点效果。而现在来自静冈、神户、福岛等地的工厂的顾客络绎不绝,全是靠了上佳的口碑。

## 大隐于市的名工匠

奥野熔焊——宫代熔焊——及森熔焊。

被誉为町工厂根据地的大田区传承着特殊的焊接工艺。那些拥有特殊技艺的人被称为名工、名医。虽然没被选为区里的现代名工,但他们确实是大隐于市的名工。

然而焊工们并非仅靠着这些传承下来的高超技艺就能养家糊口。有种工作叫作"流转合作",不是转包给外面的工厂,而是町工厂之间相互合作才能完成的工作。某工厂接受了一笔订单,先要在擅长车削零部件的工厂那里加工。之后的焊接、电镀和组装,甚至最后的涂饰工作则要委托别的工厂。一项工作要在不同的町工厂之间流转才能最终完成。这就是"流转合作"。

用如今流行的话来说,就是形成一个合作网络。一辆自行车的制造要在不同的工厂之间流转才能完成,这就是"自行车合作网络"或者"区域合作网络"。合作网络不是"XX会""XX团体"这样的固定组织,而是会根据工作种类的不同随意变换组合,我觉得很像变形虫。

及森熔焊以焊接不锈钢为主，因为擅长特殊金属以及特殊形状的零部件的焊接，经常在流转合作的工作中承担焊接的部分。虽然有时只是非常简单的、那些不擅长焊接的工厂也能完成的焊接工作。做简单的工作，即过着简单的生活。

除此之外，他们还要做需要超高技艺才能完成的工作。这就需要名工大显身手了。

我在不同的町工厂工作过，也因此接触到了很多名工。从卫星、核电到电子显微镜、液晶装置，这些复杂的工作名工们全都能从容应对。

他们并不是一年到头都只做复杂的工作，也经常做简单的工作。和普通工人不同的是，名工拥有超高的技能，能完成别人无法胜任的工作。这些大隐于市的名工有很多，从建筑物屋顶到图纸上的纸模型飞机，他们都能快速完成。这就是东京大田区。

制作江户切子的现代名工小林英夫先生，即便在制作篱笆纹或格子纹这类简单图案的切子时也毫不含糊。他的身影和町工厂名工们的身影重叠在一起，留在我的眼底。

江户切子不像萨摩切子那样有权力的庇护，而是凭着广受民众认可的技术形成了新兴产业。这和那些土生土长的町工厂名工们的工作有着异曲同工之妙。

# 第十章 我人生的转机

正在操作车床的四十多岁时的作者

### 突如其来的失业

我作为车工削了四十八年铁,居然也迎来了人生的转折点。

首先,为了成为真正的车工,我每天坚持记录工作内容,不知不觉间竟对钢的性质了然于胸,自己也如愿成了一名真正的车工。每天工作很开心,与过去那种想要放弃梦想的人生不同,不再每天无所事事、眼巴巴地望着天花板。我每天记录工作日志,期待着新发现,一天又一天这样不间断地工作。

然而不久后的一天,我的愿望落空了。我所在的工厂倒闭了,原因是总公司——日本特殊钢被别的特殊钢公司收购,在大田区有上千名职工的大工厂就这样轰然倒塌。

那时正值第二次石油危机,世界经济陷入了低潮。钢铁行业也陷入了举步维艰的境地，于是特殊钢生产商的合并成了应对经济不景气的一种方法。

供职于转包工厂的我们有一天突然从报纸上得知了这一消息。无论是总公司的职工还是我们，都如同遭遇了晴天霹雳。

我有过辞职的经验，也曾为了多赚三千日元换过工作，或者去职业安定所寻求帮助。但公司倒闭还是头一次体验。

全日本没有一家工厂不需要车工，虽然可以这样胸有成竹地说，但是毕竟我已经四十岁了，还要养活一个考大学的儿子和两个正在长身体的孩子。

职业安定所聚集了很多失业者，就业形势如此严峻，我也没有乱了阵脚。如今想起来，大概是多年的专业车工经历给了我自信吧，无论如何都不慌乱。

### 就像迎来了盂兰盆节和新年

冷静下来，就能理性地看待很多问题。

那段时间发生了很多意想不到的事，我讲一个故事。

在报纸公布消息几天后，社长把全体职工召集到食堂，宣告工厂停产。"事态发展成这样,我们无论如何也无力支撑转包工厂了。战前我们想着只要坚定不移地努力,就能稳健地发展,可是事情还是到了这个地步。我们想了很多对策,但是最后只有关闭工厂这一条路了。"

公司抵押了工厂占地和不动产。工人们拿到了双倍退休金。同事们都很沮丧,双倍退休金只是杯水车薪。

"最后我还有一个请求。请大家拿出男子汉的气概,把最后剩下的工作好好完成,好吗?"

这是一家有二十名职工的町工厂。我从家里步行到工厂上班只要十分钟,因为便利,我在这里工作了十一年。大多数同事都比我工作时间长,还有几位是从战时就在这里工作了。

从那天起到解散纪念旅行日为止,大家像变了个人一样拼命地工作。剩下的那些工作,大家都争着抢着去做,削完铁后又把废弃的机器拿去卖,然后擦拭沾满油污的玻璃窗。就连年末大扫除时最令人讨厌的清理卫生间的工作,大家都毫无怨言地争先恐后去做。

"啊,就像盂兰盆节和新年要来了。"一位战前就开始在这里工作的老工人看着被擦得干净锃亮的机器,心满意足地感慨道。

## 窗玻璃破了，机器生锈了

那时候总公司的状况陆续传到我的耳朵里。削完工件要收工的工人去现场一看，目瞪口呆。工厂的大玻璃窗被打碎了，机器都不运转，工人闲散地分布在各处。还有人在车床的工作台上切了西瓜，正捧着吃。第二天残留的西瓜汁让那台车床表面生了一层通红的锈，可谁也没注意到。

听事务所的工作人员说，工会的人联名上书反对公司合并，却被公司高层回绝了。与此不同的是，总公司对外采购部的一位男职员还茫然无所知地筹划着自己的将来，好像他不是这公司的员工似的。

工作繁忙的时候，他们要求我们新年假期也要工作，有次新年我就只休息了一天。工作清闲的时候，我们工厂的转包工厂也好几个月没有工作。对于那些忙时放弃节假日休息帮我们干活的工人，工厂无法坐视不管。因此我们的销售代表恳求总公司给我们一些工作，总公司的人说："经营这么困难的话，不如舍弃转包工厂吧。"

"又不是蜥蜴的尾巴,想切就切。"半年前,总是低声下气向总公司求得工作的销售代表从总公司回来后对我这样说道。

"那个人有什么脸来要活儿干呢?"平时十分温和的销售代表怒气冲冲地告诉我总公司的人嘲弄他的这句话。

## 工人梦想金

无论如何,町工厂的男人们的命运是不可逆转了。

眼看工厂关门的日子日益临近,一种不可言说的寂寞涌上心头。我一边抱怨小气的工厂、无聊的工作,一边在清晨醒来后自然而然地走向工厂。推开工厂大门,自然而然地换上工作服,站在机器前操作起手柄来。从那一瞬间起,我就是一名车工。

早上从触摸操作柄开始。一年四季,即使是夏天,操作柄都是凉凉的,这种触感不断提醒着我自己的身份。前一天的烦恼、家庭的琐事、宿醉都会忘得一干二净。只要一触碰操作柄,后背就倏地挺直,我喜欢这个瞬间,又可以在工厂继续工作了。这些都是早上工厂的铁带给我的感觉。

这就是一个车工的日常。这些是只有削铁的男人才能体会到的快乐。

以削铁为生的男人们生怕这样的日常被剥夺，可这已是毋庸置疑的事实。工厂的男人们私底下都在讨论。

"怎么办？我们和日本特殊钢的工人不一样，我们可是每天都在钻研如何让机器卖个好价钱。我想和大家商量商量。"一个资历较深的车工招呼我道。

社长对土地和厂房的买家很满意。因此这次的纪念旅行我们决定尽情享受。旅费是大家一起凑的，根本不会给公司造成负担。拿到双倍退休金我已经心满意足，会把它原封不动地交给母亲。

"所以每个人再得五万日元，不算在退休金里边。"

"嗯，不错。可是以什么名义呢？"

"我琢磨了一下，工人梦想金怎么样？"

我大吃一惊。不过回头想想，对于这些从新潟和秋田的农村来到东京几十年、怀抱着梦想孜孜不倦工作的人们，即使梦想无法实现，在这最后的旅行中得到一笔以此为名义的钱，也未尝不可。

## 主谋是我

就这样我们开始了告别旅行。白天在箱根钓虹鳟鱼,夜晚在热海泡温泉,参加宴会。当大家被要求唱地方歌谣时,也能唱得很好,连演职人员都听得入迷了。

宴会结束后,我们成群结队去了町里,看脱衣舞表演,玩打靶游戏,之后回到旅店,大家又聚在一起喝酒。当然了,并没有叫女人来为我们助兴。

工人梦想金确实按照我们的要求,单独装在一个空白信封里交给了我们。

一天夜里,社长打电话到我家。我在那里工作了十一年,这是社长第一次给我打电话。"我想跟你说工人梦想金的事。我理解你们的心情,公司也会给。五万日元虽然是装在别的信封里给你们的,但是公司这边是当作退休金来支付的,这一点希望你能说服大家。"

社长这语气听起来好像认定了我是主谋一样。我刚想辩解,社长匆忙说了句:"没关系啦,你看,工人梦想金什么的不也挺有趣的吗？那就拜托你了。"然后兀自挂断了电话。

直到告别旅行结束，从战前开始营业的町工厂关门，社长都认为我是主谋。

第二天，我去了职业安定所办理失业保险的手续。

窗口的男人看了看我提交的材料，问："公司发生什么事了？"

"我们是日本特殊钢的转包工厂。"

"哦，日特啊，真是太惨了。之后请您认真仔细挑选不会再出这种事的公司，找一份好工作。"

此时正值经济最萧条的时期，职业安定所几乎没什么招聘信息。走在路上，工厂的院墙和电线杆上也已好久没有张贴招聘启事。就这样，我失业了。不久，听说日本特殊钢也关门了。不过，在报纸上看到总公司工人退休金的新闻令我大跌眼镜。

那些让玻璃窗破损、机器生锈变红，比转包公司工人差远了的职员竟然拿到了十倍于我们的退休金，而我们居然因为双倍退休金和一份工人梦想金就心满意足了。

这大概就是所谓的"产业的二重构造"[①]，是生活在底层的我们的宿命吧，太悲惨了。

---

[①] 日本的现代化大企业和传统中小企业并存，两者之间的资本密集度、生产率、工资等具有较大差异的经济结构。

### 如今的浦岛

我失业的二十世纪七十年代中期，制造业迎来了历史性的变革。电子零件加工业的发展突飞猛进，给生活的方方面面带来了巨大的变化。电脑走进了人们的日常生活，工厂的机器更新换代。

数控车床出现了。无须人工操作，而是由电脑控制。我听说过这种新机器，也在杂志报纸上看过照片，还没见到过实物。

刚失业的那个秋天，东京晴海举办了国际工作机械展览会。我在那儿第一次看见了数控车床的实际操作方法。

确确实实没有一个操作柄。无数的黑色小钮，扭动后机器启动。机器不断切换刀具，旋切铁。车螺丝、挖槽、打孔，不一会儿就完成了。机器上的信号灯交替闪烁，提示操作已完成。

我一直在那里观看，那一刻，咚的一下受到了冲击。

"这是浦岛。"

我不禁想起了耸立在故乡岸边的浦岛太郎，打开他手中百宝箱的盖子，一下子变出一个白发苍苍的老人。我告别工作了十一年的町工厂，失业后第一次走出来就看到了如此了不得的东西……

那天，我见识到了很多新型机器，晚上回到家里时热情仍未减退。

不知为什么，我心里升起一股强烈的愿望。我想去操作那种机器！于是第二天一早，我就奔到职业安定所，拿起职业技术学校的宣传手册看了起来，没想到数控车床居然也在训练课程的范畴。我又马不停蹄地去了区内的职业技术学校，请机械专业的老师带我去操作室。

"东京十八所学校里只有八王子校区有一台数控车床，说实话，连我都还没有摸过……"

操作室里并排放置的是古老的车床和铣床。

"没办法啊，数控车床太贵。但是你有这么多年的经验，最好是去有数控车床的工厂边工作边学习。"那位老师只是在安慰我罢了。

### 上学

然而，我面前出现了一条路。

那时我每个月都在一家工作机械杂志上连载散文，描写了我从见习工到车工期间的工作体验。据说车床的顶级制造商池贝铁工的相关人员看到后，复印了多份让职工阅览。"这是一位车工写的文章，大家一定要读读看。"那些连载后来成了我再就业之路上的一盏明灯，我也如愿再次穿上了工作服。

一天，杂志编辑给我打来电话："池贝铁工的数控车床职业技术学校来电，问你有没有兴趣去学习。"

因为当时数控车床尚未普及，制造商只好请机器生产商的相关人员来教授课程，而且只有购买此机器的人才能上课。这样一所学校竟对我这个失业的人敞开了大门。

之后的日子十分辛苦。一周的课程从早到晚，十分密集。对完全不熟悉电脑操作的我来说，首先要用片假名标注，我买了很多电脑术语的参考书，白天上课，晚上在家里复习。有史以来家里第一次买了电脑，拿了儿子用过的数学课本算起三角函数来。这样说起来，毕达哥拉斯定理很好用啊，我不禁想起了昔日的数学老师。

就这样，课程的最后一天，为了车削一个简单的零件需要制作一个程序。设置好程序拿到工厂去，池贝铁工的车工把程序置入数控车床内。

按下按钮,机器启动,车刀移动,开始削铁。我和第一次握车床的操作柄时一样,内心激动不已,目不转睛地盯着机器。车削完毕后,车刀回到原先的位置,咻的一声,机器停止运转,红色指示灯交替闪烁。

"好了,挺好的,通过了。"

年轻的车工这样宣告后,我漫长的学习时光结束了。

这是我与数控车床的第一次接触。之后是我人生的第二次转机。

## 船

一路通则路路通。我在学校认识的一个同龄车工邀请我去他所在的工厂工作。他在课堂上坚持不下去了,甚至到了胃痛呕吐的地步。

"你要是失业的话,就来我们工厂帮我干活吧?"

去他的工厂一看,数控车床占据着明显位置。在空地上,需要用数控车床加工的大型铁管堆积如山,足足有上千根。

一打听才知道,有一个比他还年轻的车工学了数控车床的操作后,正在使用这台机器。但是这名车工好像被别的工厂挖走了。

那时能熟练操作数控车床的劳动力严重不足。因此他不得已顶替上去,导致上课途中胃痛呕吐。我作为他的帮手,按照操作手册的指示,顺利地削好了铁管。当然,我依旧处于失业状态。因此,尽管我成功地削好管子,还是与数控车床无缘。

工厂总务悄悄对我说:"你考虑一下,他什么都不会,就你一个人留在这儿工作吧!"

我对于这种邀请嗤之以鼻,拿到那几日的代工费后便离开了。

### 一只蜘蛛

之后又有别的工厂招呼我去。那人与我素不相识,据说是听闻了我的事情。

"我们这儿有两台数控车床,负责人胃溃疡住院了。"

又是胃的问题啊。

"我是这儿的负责人,什么技术都教你,你就来我们这儿吧!"

我说:"我还领着失业保险金呢,所以只用给我工资,交通费和伙食费就免了。我是车工,工作上我可以帮你,但是你得教我操作数控车床。"

第二天我就穿着工作服,在那家小工厂干了起来。

筱木先生是厂长,工厂里还有他夫人和一名上了年纪的车工,此外还有两台崭新的数控车床。

筱木先生设置好程序,预置好刀具。只要做出第一个样品,之后就能做出成百上千的产品。他的夫人用丝巾裹住头发,待制作完成的信号灯一亮,她就将做好的工件拿走,换上新的铁料。在数控车床继续运转的时候,夫人就检验成品,合格的产品涂上一层防锈油,再用纸包起来,装进小箱子里。

"孩子他爸,螺丝变得有点硬。"

他们有两个孩子,据说都已经上初中了。身形小巧的夫人如少女般的声音穿透机器的轰鸣声,荡漾在空气中。

"我不是说过了嘛,螺丝变硬的话,就把 X 补正 0.03 毫米。"筱木先生的声音从远处飘来。

"我不管,那是你的工作哟。"

筱木先生不情愿地离开自己正在操作的机器,来到数控车床的控制台前调整数值,然后一边往自己的岗位走,一边冲我笑着抱怨道:"这女人啊,总是这样……"

在这对温和的夫妇的工厂里,我干了三个月。有时候用旧式车床,有时候帮忙从卡车卸货,有时清理机器。午休时,就被夫妇两人招呼到二楼去吃便当。饭后,我向筱木先生借来加工过的工件图纸和加工时设置的程序。图纸上密密麻麻地排列着X、Z、S、M这些字母和数字,我一个一个认真钻研。慢慢地,我能看懂程序的设置了。

"小关先生这么努力的样子,就和孩子他爸两年前时一样。"

饭后,年轻的夫人一边喝茶一边开我的玩笑。我难为情地挠挠头。

"没没没,学了些复杂的操作后,真心觉得太了不起了。数控车床这机器真是了不得啊。"

正在刷牙的筱木先生挥了挥手,说:"不,无论机器怎样发展和进步,终归人的手和大脑才是最高配置。你也会明白的,否则人还不如一只在树枝上织网的蜘蛛。"

### 与时俱进

否则人还不如一只蜘蛛……筱木先生的这句话之后就成了

我的座右铭。如今已经过去二十多年了。

我在失业保险终止前又去了职业安定所。经济仍然没有复苏的迹象。

"这次还找不到工作的话,我就去送报纸,至少得挣回与保险金相当的钱。"我这么说着,出了家门。

翻了翻职业安定所的招聘信息,突然"数控车床工"几个大字映入眼帘。但是,招聘要求年龄在四十岁以下。

我把招聘信息递给窗口的工作人员,把我这半年来的经历告诉了他们。或许是我对工作的热情感染了他们,一名职员当即拨通了桌子上的电话。

接起电话的是我如今的厂长松田先生。我向他说明了我这半年来的经历,最后还说我的年龄超过了四十岁。

"那没关系,如果你真想干,年龄无所谓。"

第二天起,我就在那家工厂开始干活了。那时距离九个月的失业保险截止日还有七天。之后的二十多年,我一直在这家工厂工作。

我做过很多东西,主要负责冲床加工,但是町工厂会交给我各种各样的工作。核电的紧急冷却装置零部件、水力发电的水轮机模型、自卫队导弹替代物、深海潜水艇零件、电子显微镜零件、尼龙、玻璃纤维、树脂、橡胶和塑料。

"能做这个吗?"松田厂长最喜欢别的工厂干不了的活儿。

"小关,一直干一样的活儿很枯燥吧?你看,来了个这样的活儿。"厂长最喜欢吩咐我做这种事。

虽然这家工厂只有二十多个职工,是一个小型町工厂,但是仔细观察会发现,它的技术与时俱进。正因为这二十多年来我也跟随着时代的进步而进步,所以我现在站在了数控车床前。

# 第十一章 如今的町工厂

塑料工厂(摄影:饭田铁)

## 神在看着

　　如今，日本制造业的形势比二十多年前我失业时更加严峻。

　　以我工作的大田区为例，直到八年前还保有八千多家工厂，如今已经减少到了六千家。经济低迷直接导致中小企业的不景气，让人难以忍受的是大企业也没能幸免。在产业结构调整的旗号下失业的中老年人成了近来的话题。我不禁想起那个时候的自己。

　　在这个就业困难的时代，据说学生们为了增加就业优势，在大学里弃学业于不顾，纷纷投身于考资格证的浪潮中。而五十多岁的失业者则为了掌握本领而上技术类院校。

　　考资格证和磨炼自己都很重要。这已经不是只要有学历就能找到好工作、找到好工作就能确保一生无忧的时代了。

过去被看好的大企业的工作如今已不再是铁饭碗了。日本最好的公司、受过团体表彰的某家大企业和政府官员勾结，挥霍纳税人的钱。那家公司发表过领军日本制造业的发言的高层因此退出了经济界。这种情况十分罕见，到现在这件事在日本还是舆论哗然。

可是，兢兢业业投身于制造业的人们不抛弃不放弃，我为他们感到骄傲。

过去人们常说"日本最棒"。后来人们嫉妒我们高速发展的经济，还一度有过"日本打"的说法。我曾在电视上看到过美国人拿着锤子砸日本电器的场景。据说现在的观点是"无视日本"，没落的日本已经没有什么可学的了——出于这种蔑视的想法。这并不是没有根据的，看看日本的政客和经济界的动向就能理解。

然而并不是没有希望。并非所有日本人都为了获取利益而反复转售金属和土地，还有很多脚踏实地的人在认真制造东西。制品不像政客和经济学者那样会说话，但仍然是雄辩家。人们看到好的产品，就会认可制造者，从而认可制造者所在的国家。

还有人在一颗小小的螺丝中寻找美，还有町工厂运用传统的技艺制造航天飞船和 H-II 火箭的高科技零部件。世界上其他的罐头生产工厂怎么都生产不出的安全不伤手指的易拉罐,其实是大田区町工厂的模具工想出来的。有的町工厂还制作出了精密的机器。

工人们做出的产品,一定会有人看到。即使人看不到,神也会看到……我曾听说过这样一句话,的确如此。

## 扎根于生活

大田区每年都会举办"研究和开发工业展"。这期间,工人们自己动手创造新产品的热情十分高涨。环顾会场,我注意到多是与人们近来的生活息息相关的产品研发。

数码简易水质检测仪、空气净化机、臭氧发生装置等,都与环境问题有关。不同领域的人们相互交流,致力解决社会问题,制造出了不是在道路上奔跑,而是适用于室内、可以参加宴席的轮椅。

GeoSearch 株式会社是制造预防道路桥梁坍塌的检测车辆的公司。这项技术获得了一九九三年的新兴产业优秀奖。该技术扩大研究范围，最近在开发新型地雷探测装置，这种名叫MineEye 的装置去年在新加坡试验成功。

通过电子信号将埋在地下的地雷形状及材料准确地显示在电脑屏幕上。这项里程碑式的革新在国际上获得了很高的评价。GeoSearch 公司创建十年来，公司员工已经超过二十人。正如我在第三章《幻肢》中写到的，地雷问题关乎人道主义和地球环境。以目前的状况，用类似手探地雷的方法，要想将地球上埋存的地雷完全除去需要将近一千年的时间，这还不包括每天增加的地雷。创造出这种能安全快速地去除地雷的装置是多么了不起的一件事啊。

从高速公路、新干线到町中的弹球店，各种各样的噪音问题困扰着我们，于是有公司开发了一种特殊的吸音材料。铝制的多孔板比之前的玻璃棉吸音效果强数倍。其原理就是，板上孔的附近发生振动，可使声音的能量消失。这种材料不仅在日本国内，在美国、英国、加拿大、澳大利亚都获得了专利。

这样的例子数不胜数。列举以上这些是为了让对工厂不熟悉的人也能看明白，其实工厂的工作更多是专业的、比想象中更加复杂的工作。

比如说，有的工厂运用切断技术生产出了对于目前世界上的半导体生产商来说不可或缺的机器。有的町工厂还开发出了切割液体的技术，这项技术便于定量切割酒、酱油等液体。但同样是液体的煤焦油、涂料这种黏稠糊状物就很难定量切割。即便如此，仍然有町工厂在挑战这项技术。

技术是一门学问，广博而深奥。据说生产出安全易拉罐拉环的谷内启二先生开始对拉环感兴趣，缘于在家附近的自动售货机买果汁喝时，发现果汁瓶是铁做的，瓶盖是铝制的。据说铝中含有自体破坏的物质，稍微一拉瓶盖，自然就会断裂，而铁中则不含那种物质。能否想办法让铁也具备这种功能呢？谷内先生在工作之余勤奋研究，终于有了成果，并获得了世界上十七个国家的专利。

还有很多工厂的广博而深奥的技术无法在这里一一介绍。那些无法在书里出现的人正在工厂努力地工作。

### 祖孙三代的町工厂

从我家步行三分钟就能走到一家由三代人经营的小型町工厂。中井正浩先生的父亲生活的时代被称作"拉锯时代"，那时加工金属使用的是转盘。明治①四十年出生的老爷子在大阪工作时用的还是脚蹬的那种。后来他一路北上，来到东京，辗转走过二十多家工厂，后来于昭和十二年成立了自己的工厂。

正浩先生出生于昭和十二年，后来在东京港区高轮的二本榎町创建了自己的工厂。港区一带是日本町工厂的发祥地，地下有河流过，水流湍急，于是正浩先生配置了水车。水车在水流的作用下咕噜咕噜地转个不停。

战争开始后，飞机、仪表盘、无线通信设备上面的螺丝之类的小零件需求量激增。在老爷子入伍期间，是正浩先生的母亲扛起了工厂这面大旗，雇了十多位职人到工厂工作。

战争结束后，工厂也制造毛衣针一类的杂物。正浩先生如今仍然记着老爷子制造毛衣针的技法。旧时制碗工在盂兰盆节制作木碗时使用的转盘，如今在圆木人偶的制作工坊仍可见到，然而要用转盘来制造金属毛衣针就困难了。

昭和二十八年，比转盘先进的自动车床开始普及，用来制造产摩托车和晶体管的零件。自动车床比传统车床先进得多，只要预置好材料，就能自动转换车刀，像传统车床那样开始旋车，可车成柱状，也可车成平面。

---

①日本明治天皇在位期间使用的年号，时间为1868年到1912年。

昭和四十一年，随着道路拓宽计划的实施，工厂大多转移到了大田区。那时，港区渐渐变成了东京的商业中心，大田区成了拥有近九千家工厂的"工业之町"。我有很多同事都在那里。

正浩先生和两个弟弟达郎先生、得三先生一起工作。老爷子于昭和六十一年去世，工厂由兄弟三人共同继承。三年前，正浩先生的大儿子松雄先生开始了工作。

## 同行的困惑

现在普遍使用的是数控复合自动车床这种新机器。中井家的工厂过去的招牌上是"中井螺丝制造所"，现在是"中井精密株式会社"。通过数控复合自动车床可以制造读取软盘的轴承、胃镜零件，甚至更为微小的零件。那些能用指尖捏起的小零件都是用微米单位的精密仪器制造的。

这家利用转盘制造毛衣针之类产品的工厂现在能制造出0.001毫米的精密仪器工件。正浩先生看着工厂的机器，对我说："是否拥有技术，取决于有没有买好机器的能力。年轻的销售人员拿来图纸，他以为用市面上卖的车刀就能轻而易举地车出来。

我很想说,你自己来做做看。如果没有精心研制的车刀,就无法正常工作。"

兄弟三人认真研究车刀,每把刀都有自己的个性和特点,而且他们打磨出来的车刀都不共享。即使有了数字控制的先进机器,在车刀上还是能体现出独特性。

要想做出精密仪器,必须要有高精度的机器。有趣的是,即使操作同一种机器,有人能做出来,有人则做不出来。

"这个怎么做,我有时候也很困惑。"

"加工方法因机器和人这两项要素而异,会有无数种可能性。单拿机器来说,有的工作更适合用传统机器,而不是这种昂贵的机器。"正浩先生指着墙角一台古老的机器笑着说。

最近,正浩先生研究一份图纸后提出了一个方案。为了方便使用扳手,将图纸上的螺丝头设计成六角形。

"因为想到瑞士有一款制造角孔的便利工具,因此我们在螺丝头上车一个六角形的孔,使用时用六角扳手即可。这样加工起来方便,使用起来也方便。我的提议得到了大家的认可,于是设计方案改了。"

这是一件特别值得高兴的事。设计者如果不知道有这样一种便利的工具,用传统方法制造角孔状螺丝头的话,加工费会很昂贵。

## 折成纸飞机飞出去

"把设计图纸折成纸飞机让它从大楼顶层飞出去,三天后就能变成产品。"通过这句话可知,大田区是机器金属加工业的圣地。

然而大田区的工厂陆续停产撤出,仅靠加工已经难以为继。因此很多町工厂呼吁开发新产品,要用双手创造出属于自己的产品。

可是如今的六千家工厂几乎无法研发新产品,换句话说,它们除了停产别无他法,是这样吗?不是的。今后要开发更高级的加工技术,从设计阶段开始参与,制造出超出设计师预期的产品,这些事加工行业的职人都要去做。

时代已经变了。有人说,町工厂应该向着"提案型加工工厂"的方向发展。这未尝不是一条光明大道。正浩先生的提案正符合这种模式。

正浩先生的工厂里,三兄弟总是和睦相处,一同站在机器前工作。提起得知要继承父亲工厂时的想法,正浩先生笑道:

"讨厌得不得了。但开始干了以后,就发现越来越有意思,渐渐沉迷其中无法自拔了。削铁的世界原来是这样的啊。"

下一任继承人——大学毕业后做过营销的松雄先生,已经穿着工作服在机器前面开始干活了。

"别人让做什么就做什么,这样就无法感受到工作的乐趣。为工作持续付出的智慧和辛劳,如果不亲身实践就无法体会。工厂就是靠这样一代一代传承下来的。"正浩先生自言自语似的说道。

## 后记

  相比于优越的环境，人在困境中更能产生智慧，激发潜能。我看见、听说过许多这样的故事。有时候我会产生一种错觉，好像人就应该在困境中生存。

  二十世纪九十年代初期，经济泡沫破灭以后，町工厂的工人们意识到不能再浑浑噩噩地度日了，必须充分发挥自己的技能和智慧创造出新产品。他们的身影令我感动不已。

  不仅是制造业，各行各业都在强烈呼吁经济复苏。但是，复苏的目的不是再回到泡沫经济时代。那时候造物职人充分理解这点，认为必须要做点什么。物欲横流的社会已经受够了。

  造物职人一边反省，一边深深扎根于社会生活，踏踏实实地在工作中创造成果。这样下去日本的社会就会日益成熟吧。

随着町工厂第二代、第三代年轻人的到来，制造行业迎来了一缕春风。神奈川县川崎市有一个叫"下野毛町"的地方，町工厂颇多。在那里工作的约十名町工厂二代工人于三年前建立了"造物共和国"。副总统兼外交部长佐佐木政仁先生说："从前的町工厂都是在与世隔绝的条件下运营的。拥挤的小小厂房里，如"3K"这个词般死气沉沉。因此我们共和国的目标就是，打造一个明朗的制造业，跟年轻一代分享造物的乐趣。"

去年，他们召集起当地小学五年级的二十个学生开办了造物体验课程，学生的父母、祖父母等也参与进来，大家都玩得很开心。学校和家长呼吁他们每年举办一次这样的活动，并且要召集全校的学生参加。

接着，他们通过互联网在全国范围内呼吁此事，有超过一百五十人加入，共和国进一步扩大了规模。类似的活动还有京都机器金属中小企业青年联络会、长野工业网站等等。

年轻人们用自己的双手构筑起全新的城市，乃至国家。

本书的目的，就是向年轻人展现工厂造物职人的生活和工作面貌。姑且也算作我的自传吧，我把有限的经历和见解呈现给大家，至于一些事例，之前曾在文章和发言中反复提到过，在这本书中我尽可能补充了那些人物近来的生活和工作状态。多去一些町工厂学习很重要，但更重要的是在少数几家町工厂长期地工作、学习下去。读完本书，若能让读者对町工厂产生兴趣，想要了解更多关于町工厂的事情，町工厂的工人们一定会非常开心。我坚信着这一点，写下了这本书。

小关智弘

一九九九年四月

图书在版编目(CIP)数据

造物的人 /(日)小关智弘著；连子心译. —— 海口：
南海出版公司, 2018.4
 ISBN 978-7-5442-9168-2

Ⅰ. ①造… Ⅱ. ①小… ②连… Ⅲ. ①随笔-作品集
-日本-现代 Ⅳ. ①I313.65

中国版本图书馆CIP数据核字(2018)第004694号

著作权合同登记号 图字：30-2017-096

MONOZUKURI NI IKIRU
by Tomohiro Koseki
© 1999 by Tomohiro Koseki
Originally published 1999 by Iwanami Shoten, Publishers, Tokyo.
This simplified Chinese edition published 2018
by ThinKingdom Media Group, Ltd., Beijing
by arrangement with the proprietor c/o Iwanami Shoten, Publishers, Tokyo

## 造物的人

〔日〕小关智弘 著
连子心 译

| | | |
|---|---|---|
| 出　　版 | 南海出版公司　(0898)66568511 | |
| | 海口市海秀中路51号星华大厦五楼　邮编 570206 | |
| 发　　行 | 新经典发行有限公司 | |
| | 电话(010)68423599　邮箱 editor@readinglife.com | |
| 经　　销 | 新华书店 | |
| 责任编辑 | 张　锐 | |
| 特邀编辑 | 倪莎莎 | |
| 装帧设计 | 朱　琳 | |
| 内文制作 | 王春雪 | |
| 印　　刷 | 山东鸿君杰文化发展有限公司 | |
| 开　　本 | 850毫米×1168毫米　1/32 | |
| 印　　张 | 6 | |
| 字　　数 | 99千 | |
| 版　　次 | 2018年4月第1版 | |
| 印　　次 | 2018年4月第1次印刷 | |
| 书　　号 | ISBN 978-7-5442-9168-2 | |
| 定　　价 | 39.00元 | |

版权所有，侵权必究
如有印装质量问题，请发邮件至 zhiliang@readinglife.com